AF368760

Una Navidad con Acosta ars

ANDREA & HELENA ACOSTA

Nota al lector

Esta obra es un pequeño guiño a la Navidad con la que hacer llegar al lector algo de la esencia de ACOSTA ars.

Para nosotros la Navidad no es sino un gran momento hecho de miles de situaciones diferentes que nos permiten disfrutar de sensaciones distintas, y por ello nuestro libro también es una mezcla de distintos estilos y formatos de escritura que fluctúan dentro del género romántico y el erotismo de alto voltaje.

Algunos de estos cuentos son una extensión de nuestras obras, tales como *MONSTER NUEVA EDICIÓN* y *No me dejes ser tu héroe* de Andrea Acosta, y otros de temática libre. Hacemos referencia a personas reales con la intención de rendirles homenaje, pero las escenas que describimos son pura inventiva.

Las recetas que presentamos corresponden a algunos de los platos que aparecen en las obras.

Al final de cada relato encontrarás un glosario, las definiciones que hay en él corresponden exclusivamente a su uso en los mismos.

También hallarás notas a pie de página con traducciones adaptadas al español.

Y por último un compendio de recetas inspiradas en cada relato que a la par puedes consultar en la web www.acostaskitchen.com

Índice

Recetario

ANDREA ACOSTA

{Cuento vinculado con la novela *MONSTER NUEVA EDICIÓN*}

Santa baby♫[1] sonaba en la minicadena del salón. Sobre la **alfombra afgana** y arropadas al calor de la chimenea, las niñas metían las manitas en la caja de decoración navideña de la que sacaban los últimos adornos. El abeto que la tarde anterior les habían llevado el *sheriff* y su ayudante, y que habían colocado en mitad de la estancia, estaba a medio decorar, pues el árbol tenía tal tamaño que no había suficientes bolas, lazos y ***candy canes*** para engalanarlo todo.

Max, con un ojo abierto y el otro sepultado por el párpado, resopló, y se puso en pie para ir a tumbarse frente a la chimenea, y de aquel modo evitar que cualquiera de las dos pequeñas le pusiera algo en la cabeza de nuevo. ¡Él sí que no estaba ahí para que lo adornaran!

Ashley, que llevaba un jersey de punto color crema que hacía las veces de vestido y unas mallas negras, continuaba deshaciendo los nudos en la cadena de luces que poco después iluminaría su particular **árbol de Navidad Rockefeller**. Las niñas le habían dicho a su padre que querían el árbol más grande que pudiera encontrar, y Nathaniel McNamara, cómo no, hizo eso mismo: llevó el abeto más enorme, ya no de toda Fe, sino de todo el estado de Texas. Tan grande era

---

1 ♫ Canción navideña de Joan Javits, Philip y Tony Springer, que ha sido multiversionada.

que Ashley temió que se llevaran la puerta por delante al entrarlo.

Natasha ayudó a Gabriela a ponerse en pie y con ella cogida de la mano caminó hasta el árbol para indicarle dónde poner el lacito. La niña de seis años tenía más que clara su personalidad y Gabriela, de cuatro y medio, la seguía allá donde fuera.

Ashley, con la cadena de luces entre las manos, sonrió al ver a las niñas estirando el cuello y alzando las oscuras cabecitas para mirar hasta la copa del abeto aún carente de estrella. Natty, como únicamente la llamaba su padre, había salido a él; la esencia de Mc-Namara estaba concentrada en aquella niña que ahora hacía bailar su mano con la de su hermana, Gabriela.

—Después podríamos a ir Merry's y quizás papá pueda venir —les dijo Ashley fijándose esta vez en Gabriela que soltó la mano de Natasha y corrió hacia ella—. Cuando vuelva, ¿se lo preguntáis? —comentó sonriendo mientras detenía a la niña y le estiraba la falda sobre los gruesos leotardos.

—¡En Merry's venden ***rainbow candy canes***! —exclamó Gabriela, brincando emocionada mientras su madre trataba de arreglarle la arrugada falda del vestido.

—Ya tenemos *candy canes* —respondió Natasha, y caminó hasta ellas pasando sus manos por el corto caudal de su pelo. El **Bob** enmarcaba sus bonitas facciones y hacía lucir aún más si cabía el tono verde de sus grandes ojos.

—¡Pero no de esos! —protestó Gabriela, poniéndose nerviosa y apoyándose en los hombros maternos, haciendo un muy bien aprendido puchero que siempre, siempre funcionaba con su padre.

—Bueno, podríamos comprar de los *rainbow* y así en el árbol habrá de dos tipos —explicó Ashley, acariciando el largo cabello negro que ya llegaba a las caderas de Gabriela.

—¡Es que se verá diferente! —se indignó Natasha, arrugando la pequeña nariz. Eran las diez de la mañana del sábado y ella ya estaba enfurruñada. Con razón en casa la llamaban *Miss grumpy*[2].

—¿Y qué hay de malo en eso? —le preguntó Ashley, mirándola al tiempo que Gabriela dejaba de apoyarse en sus hombros y batía palmas dando brincos sobre la alfombra.

—Pues que a mí me gusta así, solo con esos *candy canes* —sentenció Natasha, dando a entender que no iba a prestarse a discusión alguna, y eso que aún no levantaba tres palmos del suelo.

---

2 (In) Señorita enfurruñada, señorita cascarrabias.

—Las cosas no siempre pueden ser como tú quieres, cariño —le respondió Ashley a Natasha, empujándola hacia sí por el dobladillo de la blusa a cuadros tipo *Woodcutter's rock*[3]!

Natasha resopló mirando a su madre y después a Gabriela.

—Nunca son como yo quiero —mintió, descarada.

Max se estiró sobre sus cuatro patas y se puso en pie, meneando el rabo. El sonido del motor del coche del *sheriff* le indicaba que este ya estaba aquí. Gabriela empujó con las manitas los hombros de Ashley y brincó tras Natasha y Max, marchando al recibidor.

Nathaniel McNamara hizo su aparición, cerró la puerta de la casa tras de sí con un pie y levantó la bolsa de la compra que cargaba en la mano derecha.

—Hola, princesa —saludó a Natty, que llegó primero y se atenazó a una de sus piernas—. Hola, princesa dos —dijo, cogiendo a Gabriela con su brazo libre y aupándola hasta su costado.

Ashley se levantó de la alfombra y dejó las luces en el suelo. Lo pensó mejor y las recogió, poniéndolas sobre uno de los sofás. Sus gruesos calcetines de lana hacían ruido sobre la alfombra al caminar por ella.

—¿Sabes una cosa, papá? ¿Sabes, sabes, sabes?

Gabriela se agarró a la gruesa chaqueta de su padre y, comportándose como lo que era, toda una hiperactiva, le dijo de carrerilla:

—¡Vamos a ir a Merry's a comprar *rainbow candy canes*! ¿Vienes, vienes, vienes?

—Ya tenemos *candy canes* —resolvió Natasha, cruzando las piernas en torno a la pantorrilla de su padre.

—De los *rainbow*, no —dijo Gabriela mirando hacia abajo, a la koala que tenía por hermana, mientras abría la chaqueta de su padre y comenzaba a juguetear con la estrella del uniforme.

Nathan alternó la mirada entre las niñas, primero a la que llevaba en brazos y luego a la que pendía de su pierna. ¡Ah!, y también miró a Max dando vueltas a su alrededor en una especie de ¡¿Y a mí no me dices nada?!

—No necesitamos más *candy canes* —sentenció Natasha, templando una de sus mejillas al calor que desprendía la musculada pantorrilla.

—¡No siempre pueden ser las cosas como tú quieres! —chilló

---

3 (In) ¡Los leñadores molan! Hace referencia al típico estampado de cuadros rojos que visten los leñadores estadounidenses.

Gabriela, roja como un tomate.

—Gabi, no se grita —amonestó Nathan, negando con la cabeza ante el puchero de la pequeña. Miró esta vez a Natty, que se había descolgado de su pierna, y cruzada de brazos meneaba los piececitos en el suelo—. ¿Y tú, por qué no quieres comprar *rainbow candy canes*?

—¡Porque no quedarán bien con los otros! —protestó Natasha, estirando los brazos a los lados de su cuerpo y cerrando sus puños. Levantó la cabeza y crispó la nariz aguantándole la mirada a su padre.

—Natty, el árbol quedará bien con lo que le pongáis —explicó Nathan, pausado y sin dejar de mirarla. De hecho, exceptuando a Alexis, su propia hija era la única persona capaz de aguantarle la mirada—. Además, tu hermana es...

—Pequeña y tengo que cuidar de ella... —recitó Natasha, desviando, esta vez sí, la mirada para ponerla en sus pies. Resopló, cruzándose de brazos como si su existencia fuera un martirio.

—¿Y?... —Nathan la animó a continuar viendo por el rabillo del ojo a Ashley que se apoyaba en el marco de la puerta del salón.

—No enfadarme por tonterías —resolló Natasha, sabiéndose de cabo a rabo la machacante consigna de su padre, «tu hermana es pequeña y tienes que cuidar de ella». Levantó la cabeza, deslió sus brazos y se echó el pelo hacia atrás.

—Eso es —sonrió McNamara, inclinándose hacia delante para poder coger entre pulgar e índice el mentón de la niña, que no tardó en volver a colgarse de su pierna.

Ashley se despegó del marco y se acercó a Nathan para ponerse de puntillas frente a él y darle un escueto beso, un simple aunque ruidoso choque de labios.

—Nena, la señora Banks quiere hablar contigo. —Caminó o, mejor dicho, lo hizo a marchas forzadas con las niñas adheridas a él a modo de adorables lapas—. Me la he encontrado en la caja y me ha soltado que necesitaba hablar urgentemente contigo. Le he dicho que llamara a casa esta tarde.

Nathan dejó la bolsa sobre la repisa de la cocina y besó la mejilla de Gabriela antes de bajarla al suelo. Ladeó la cabeza; el negro intenso que lucía antes en el cabello era ahora un azabache grisáceo—. Ayúdame con tu hermana —pidió, acariciando el mentón de Natty al soltarle la pierna.

Ashley entró en la cocina.

—¿La señora Banks?

Cogió la chaqueta que le tendió Nathan, que quedó en uniforme de trabajo. Ella abrió la boca y la volvió a cerrar. Se fue a la entrada a colgar la chaqueta. Entonces sonaba *Blue Christmas*♫[4] en la minicadena.

—¿Por qué? —le preguntó, metiéndose de nuevo en la cocina mientras las niñas corrían detrás de Max.

—¡Y yo que sé, nena! —soltó, él recogiendo la compra. McNamara encogió sus enormes hombros y comentó—: Solo me ha dicho que quiere hablar contigo.

—Hablar conmigo... —murmuró Ashley, pensativa, pues la señora Banks no era precisamente un derroche de simpatía y buena educación; era más bien la típica cotilla malhablada.

—Dices que... ¿llamará esta tarde?

—Sí, sí —apuntó él, siguiendo la carrera de las niñas tras Max hasta que lo atraparon bajo la mesa—. Gabi, no tires de la cola de Max. Natty, tú ve a por vuestras chaquetas.

—¿Vamos a la calle? —preguntó Gabriela, soltando la cola de Max pero yendo a por su cabeza. Esta vez la niña espachurró al perro, sujetándole la testa entre sus bracitos.

—¿A la calle? —Ashley miró a las niñas, saliendo de debajo de la mesa y luego la hora en el reloj de la pared—... ¿Ahora?

Antes de que pudiera añadir algo más, sonó el timbre.

McNamara tiró la bolsa de papel cebolla a la basura, frotó las manos entre sí, y silbó a Max, que corrió hacia él escopeteado para recibir una rápida caricia entre sus orejas.

—Ahora —asintió a Ashley con las niñas yendo a la carrera escaleras arriba. Pasó a su lado y fue a abrir la puerta—. Vaya, ya está aquí el treintañero —sonrió mientras se colgaba del marco de la entrada.

Alexis se quitó las gafas de sol y torció la boca.

—Muy gracioso —espetó, estirando las solapas de su chaqueta de cuero. Hacía un frío de mil demonios y todo y así, él se negaba a ponerse, a su parecer, un antiestético abrigo tipo plumón. Empujó con la brillante punta de su bota las hojas secas que habían volado al felpudo—. Lo vuestro está en los asientos traseros —dijo, dándole las llaves del coche.

—Vamos, hombre, los treinta son una etapa maravillosa —se mofó Nathan, dejándole entrar en casa y cogiendo las llaves. Cerró la puerta y le dio dos palmaditas en la espalda.

---

4 ♫ Canción navideña escrita por Billy Hayers y Jay W. Johnson y famosa al ser interpretada por Elvis Presley.

—Estás empezando a parecerte a **Ophra** —condenó Alexis, juntando sus manos frente al pecho para hacer crujir los nudillos—. Por cierto, el soplapollas que nos sustituye en Navidad es un auténtico capullo.

—No nos sustituye, o mejor dicho, no me sustituye. Te recuerdo que yo soy el *sheriff* —señaló Nathan, divertido—. Ese gilipollas solo cumple con las normas de investigación nacionales y a nosotros nos viene de perlas haciéndolo en Navidad.

En resumidas cuentas, aquel tipejo husmeaba en la documentación y hablaba con empleados de la comisaría para saber si *sheriff* y ayudante eran buenos profesionales.

—¡Ho, ho, ho!... Qué felicidad. —A Alexis le faltaba ponerse verde para que pudieran confundirlo con el **Grinch**—. Cojonudo, un soplapollas que comprueba si hacemos todo tal como deberíamos en este pueblo de mierda.

—Fe es un sitio emocionante; lo de multar a los vecinos debe ponerte más cachondo que una redada de narcóticos en **Chinatown** —le dijo, evocando los viejos tiempos en los cuales las identificaciones de la **CIA** quemaban en sus bolsillos y lucían amarillas en sus chalecos antibalas—. Con respecto a los treinta, de verdad, Alexis, es una etapa maravillosa —se burló McNamara, y todo por la fobia *gilipollesca* que tenía Alexis a cumplir años.

—¿Acabas de repetir «maravillosa»? Joder, macho, ¿desde cuándo esa palabra está en tu vocabulario? —escupió Alexis, mirando a Ashley en el pasillo a mitad de camino entre la cocina y el recibidor—. ¿Ya le ha entrado el alzheimer o qué? —cuestionó a la mujer, apuntando a Nathan con un cabeceo.

Ashley alzó las manos en un «alto al fuego»; ella no quería entrar en una pelea propia de gallos y eso que Alexis y McNamara no estaban **desbarbados**, ni **descrestados**, ni **acicalados a la usanza cubana**. «No, nena, de ningún modo van a cantarte algo de **pachanga**».

—Encima que trato de animarte como un buen amigo, ¿así me lo pagas? —añadió Nathan, haciéndose el dolido. Golpeó su hombro con el de Alexis.

—Deja de cachondearte, Mac —refunfuñó Alexis, mirándole de reojo. Lo cierto era que eso de hacerse mayor no lo llevaba nada bien, aunque para muchos los treinta fuera el principio de todo. Sin embargo él había tenido que crecer tan rápido que los treinta le pesaban como si fueran sesenta. Llevó las gafas de sol a su cabeza y, ajustándolas en la rasurada *cocotera*, con el *piercing* de su lengua bailando contra el paladar masculló—: Y tú que ya rozas los cincuenta... —exageró sabiendo que McNamara acababa de plantarse en los cuarenta y cuatro. Alexis lo miró de arriba abajo y de nuevo arriba para pararse en la unión de los musculados muslos—. ¿Te sigues empalmando igual o necesitas el empujoncito de la **pastillita azul**?

Nathan se rio, pero fue una de sus risas controladas e inyectadas de cinismo. Se encorvó hacia él y dijo con mordacidad:

—¿Por qué no te pones a cuatro patas y lo compruebas?

—Te gustaría, ¿verdad? —Alexis se cuadró delante de él. Nathan le superaba en altura solo por unos centímetros. Se lamió el reglón de dientes tono blanco nuclear y susurró—: Siempre he dicho que tenías una pintaza de **Bear**...

—¡Tío Alex! —Gabriela interrumpió el desafío entre contrincantes. Correteó por el pasillo y se paró en lo alto de las escaleras con los guantes, el gorro de lana y el abriguito puesto—. ¿Nos llevas a Merry's?

—¡Nena! —exclamó Alexis, cogiendo a Gabriela al vuelo al bajar esta las escaleras a toda velocidad y saltar tres escalones por encima del último. Él la apretó contra su pecho y cerró los ojos con el corazón luchando para no sufrir una parada.

—No hagas eso, no lo hagas más —riñó McNamara, manteniendo la compostura y sin echarse a gritar como un auténtico energúmeno. Lo cierto era que las niñas habían contribuido mucho a que él aprendiera a controlar su genio.

—Pero si el tío Alex siempre me coge... —dijo Gabriela tan tranquila, uniendo sus bracitos tras el cuello de Alexis.

—Pues puede que un día no consiga hacerlo a tiempo y te caigas —respiró Nathan profundamente y soltó palabra a palabra muy despacito, entrecerrando los ojos a la vez que exhalaba. La miró de nuevo, y para hacer hincapié en lo dicho la cogió por la cara y le preguntó—: ¿Me has oído?

Gabriela asintió con la cabecita cubierta por el gorrito de lana rosa chicle. Los grandes dedos paternos dejaron de sujetarla y ella pudo ladear la cabeza para mirar a su madre, que aún trataba de recuperarse tras su salto mortal.

—Alexis se hace mayor, está perdiendo su excelente condición física. —Nathan sacó las llaves del todoterreno de su bolsillo y se las dio a Alexis, pues a fin de cuentas iban a ir más cómodos y, además, de esa forma no había que ir cambiando las sillitas de vehículo—. Cuidado con las alfombrillas.

—Soplapo... —comenzó a decir Alexis, aunque miró a la niña entre sus brazos y tuvo que callarse. Cogió las llaves y las hizo saltar en la palma—. Lo tuyo con las alfombrillas es enfermizo.

—Es cuestión de ser limpio... —dentelleó McNamara, asegurando el gorrito en la cabeza de Gabriela y alisando con los dedos el largo del cabello.

—¿Nos llevas a Merry's o no? —insistió Gabriela, bajando las gafas de la cabeza de Alexis para dejárselas puestas. Se miró en el reflejo de las mismas y rio.

—¿A Merry's? —masculló Alexis, buscando la tienda en el plano de su mente; él no era de GPS.

—Tenemos que comprar *rainbow candy canes* —aplaudió Gabriela con una sonrisa iluminando su cara. En su boca faltaba un incisivo inferior. Hacía nada que se le había caído y le quedaba un hueco la mar de gracioso.

Natasha se había puesto sus botas negras hasta las rodillas. Por eso la tardanza, pues tenía que tumbarse en el suelo, pasarse la bota por el pie, levantar la pierna y estirar de la bota hacia abajo para que se encajara, pasando por el pie y hasta la rodilla para luego ajustarla, cerrar la cremallera y repetir la operación con el otro pie. Saludó con una mano a Alexis y bajó las escaleras con su gorrito de lana naranja en la mano.

—Claro, muñeca —asintió Alexis, depositando un beso en la pequeña nariz. Él nunca se había planteado tener hijos; sin embargo aquellas niñas le traían de cabeza—. Os llevo...

—¡Hasta el infinito y más allá! —gritó Gabriela levantando las manos en el aire y agitándolas.

Alexis rio, mirándola. A Gabriela se le había quedado grabada aquella frase de la película *Toy Story* y no es que él tuviera mucho de Buzz Lightyear, pero aun así tuvo que repetir:

—Hasta el infinito y más allá. —Ofreció su mano a Natasha y cuando la manita se agarró a la suya, él la apretó con suavidad.

Ashley fue hasta la puerta y cuando las niñas le dijeron adiós con la mano, no pudo evitar soltar:

—Por favor, que Gabriela no pruebe azúcar. —Sencillamente, se ponía insoportable, a Ashley le recordaba a **La Hormiga Atómica**—. Nada de gaseosas, caramelos o...

—Como siempre, nada de azúcar —asintió Alexis, subiendo a Gabriela al todoterreno de McNamara y sentándola en la sillita mientras Natasha ya lo hacía por su cuenta. Levantó la cabeza y miró a Ashley, allí con aquella cara de pánico absoluto que siempre se le quedaba cuando no era ella quien se llevaba a las niñas. «Mamá gallina».

—Natasha tiene que llevar el gorrito quiera o no quiera. ¡Ah! Y que le cubra bien las orejas, porque si no volvemos a la espiral de otitis y...

—¡Lo sé! Los números de móvil, de casa; el grupo sanguíneo de Natasha es 0+ y el de Gabriela 0–, y además es alérgica al paraceta-mol... —enumeró Alexis con Nathan riéndose parado detrás de Ashley.

«Siempre igual, la misma, repetitiva y jodida canción».

—Y... —Ashley se mordió el labio inferior, se olvidaba de algo, puede que el apretado moño que llevaba no dejara que su ritmo cerebral funcionara con normalidad.

—¿Sobre las tres? —preguntó McNamara con las manos sobre los hombros de Ashley, y ante el asentimiento de Alexis él apartó a su mujer de la puerta y la cerró apoyándose en ella—. ¿Les ha pasado algo alguna vez?

—No, pero es que... —Ashley bajó la rubia cabeza y jugueteó con la alianza en su dedo. Ella se fiaba de Alexis tanto como de Nathan, pero no dejaba de tener el instinto materno por las nubes «¡Dicho-sas hormonas!»—... Aún son pequeñas —suspiró con el sonido del todoterreno en marcha superando el de la música de la minicadena.

—¿Y qué haremos cuando crezcan y...? —Lo pensó mejor—. No, no hablemos de eso. —Nathan era capaz de hacerse de la **National Rifle Association** y liarse a tiros con todo el que se les acercara cuan-do sus niñas tuvieran edad de merecer—. Voy al coche de Alexis, ahora vuelvo.

Ashley le vio salir de casa, ignorar el coche de *sheriff* y abrir el de Alexis aparcado al lado.

—¿Qué es eso? —preguntó con Max sentándose entre sus pier-nas en una burda petición de «¡*Raspitas*, por favor!».

—Nuestros regalos de Navidad —respondió McNamara, cerrando el coche y caminando con cuatro grandes cajas en las manos. Escupió el lazo rojo que se le había metido en la boca y cerró la puerta con un suave puntapié—. Esconde los de las niñas y abre el tuyo; yo abriré el mío en el despacho.

—Es verdad... Alexis nunca se queda para Navidad. —Ashley cargó con los paquetes y le miró frunciendo las cejas—. ¿En el despacho?

—Eso he dicho, nena. Te quiero ahí en diez minutos —ordenó mientras miraba la hora en el reloj de pulsera—. Y el tiempo empieza a contar ya. —Nathan sonrió al verla marchar veloz escaleras arriba, y él... él se encaminó al «despacho», la habitación cerrada en el garaje donde nunca se podía entrar. Bien, eso les había dicho a las niñas, y para asegurarse cerraba la puerta con llave.

Año tras año, Alexis les regalaba una caja a cada uno y esta... esta no contenía una pareja de calcetines o un perfume, contenía la perversión navideña que tocara en la diabólica mente de Alexis, *oh, le male malicieux!*[5] Ashley escondió los regalos de las niñas en el altillo del armario de su dormitorio, detrás de las mantas extra. Ella, al haber dejado su regalo sobre la cama para poder guardar los de las niñas, tuvo que inclinarse sobre el colchón para recogerlo; su pulso aumentando «y el tiempo corriendo...».

McNamara metió a Max en la cocina y entró en el garaje, sacó el juego de llaves de su bolsillo y abrió la puerta del despacho.

La luz se hizo en un parpadeo de fluorescentes. El despacho, un amplio cuarto de paredes negras, albergaba una mesa con una silla forrada en cuero, un **potro**, una **cruz de San Andrés** y una cama redonda vestida de sábanas de vinilo. Había también una estantería con muchos, muchos estantes repletos de «material de trabajo...». Fustas, látigos, *plugs*, *dildos*, esposas, huevos vibratorios y ¡hasta un **I Rub my Duckie**!

Ashley fue al baño contiguo al dormitorio, donde se soltó el moño y su voluminosa y brillante melena de tonos rubios cayó sobre sus hombros. Se miró en el reflejo del espejo, pasando las palmas de las manos por el terciopelo verde del vestido. Las aberturas en el escote dejaban fuera la redondez de sus pechos, pechos que el frío mordió. Llevó sus manos hasta las caderas y de allí tiró con suavidad de la falda que apenas cubría sus nalgas. Gimió con antelación, con la antelación de las grandes y poderosas manos de su Señor usando su cuerpo a su antojo. Las medias a rayas blancas y rojas se aferraban a sus muslos y lamían sus talones a la vez que los altos tacones la obligaban a adoptar una postura recta y firme.

Nathan dispuso su caja sobre la mesa y deshizo el gran lazo rojo que la abrazaba, la destapó y ojeó dentro. Sobre una cama de papel de cera tono sangre había una tarjeta escrita a mano que rezaba: «*Santa, please come...*[6]», leyó con una sonrisa que tomaba posesión de su boca. Giró la tarjeta entre sus dedos y miró la elegante firma de Alexis. Dejó la tapa de la caja y la tarjeta sobre la mesa, sacó y

5 (Fr) ¡Oh, el macho malicioso!

6 (In) Santa por favor córrete...

desdobló el papel de cera descubriendo una fusta customizada para que pareciera un *candy cane*, la cogió y la tanteó, recorriendo la batuta hasta acariciar la lengüeta de cuero. Volviendo su atención a la caja encontró pinzas individuales, brillantes y metálicas aunque con un aplique de...

«Solo a ti se te podía ocurrir, Alex», pensó Nathan levantando una de ellas para mirar la pequeña bola de adorno. Rio colocándola al lado de su hermana y descubrió el último regalo, lo levantó de su cama carmesí.

—**Shibari wand...** —susurró, recordando la bien llamada varita mágica. Hacía años, años que no veía y mucho menos utilizaba una de aquellas maravillas.

Ella se colgó su collar, el collar que lucía siempre para estas ocasiones desde la última vez que Nathan se lo había puesto, tiempo atrás. Sus manos viajaron desde el cuello hacia el pecho sobre las anillas que lo componían. De nuevo, Ashley miró su reflejo, allí parada y con aquel atuendo nada apto para una cena de gala. Rescató del fondo de la caja el gorrito rojo con borla blanca y se lo puso. «Una mujer nunca debe salir sin complementos».

Dispuso la fusta, las pinzas y la varita sobre «la mesa de trabajo». McNamara se quitó el *jersey* y desabrochó la camisa para desnudar su pecho. El oro del aro en su pezón izquierdo brilló a la luz de los fluorescentes al igual que la cruz que pendía de la cadena en su cuello. Se descalzó y se quedó en pantalones, aunque lo pensó bien y se quitó también el cinturón colgándolo de la esquina de la mesa.

Ashley abrió la puerta del baño, salió al dormitorio y de allí al pasillo. Bajó las escaleras mientras oía su pulso latir en el centro de su cerebro y bajar hasta su vientre, y de este a su entrepierna para luego reptar finalmente a su matriz. El corazón le brincó en el pecho y le golpeó las costillas al bajar el último escalón...

Al oír el repiqueteo de los tacones acercándose, Nathan giró lentamente sobre sus pies y con la fusta en la mano izquierda esperó a que la mujer apareciera en el umbral de la puerta.

—Colócate en el centro para que pueda verte bien —ordenó ante la femenina y navideña aparición que nada tenía que ver con la visita del **fantasma de las navidades pasadas**, el de las **navidades presentes** o **futuras**; no obstante McNamara sí tenía algo de **Mr. Scrooge**.

—Sí, Señor —respondió Ashley en un susurro, acatando la orden. Tragó saliva con las palmas de las manos apoyadas en las aberturas que tenía el vestido justo en los pechos, cubriéndolos de ese modo.

En el centro de la estancia, y bajo la luz de los fluorescentes, sus rodillas se volvieron blandas como el *christmas pudding* y su excitación subió rabiosa como lo haría la llama al flambear el dulce.

—He dicho que quiero verte —espetó McNamara golpeando con la fusta la mano derecha de Ashley y luego la izquierda, haciendo que la mujer las retirara dejando los brazos laxos a los costados. Los pechos, generosos y blancos salvo por la areola y los pezones de un rico tono rosado le fueron brindados—. Mucho mejor —asintió Nathan, que torció ligeramente la cabeza para pasar la lengüeta de cuero por el valle entre los senos.

Los ojos le brillaron húmedos por los golpes de la fusta que enrojecieron sus nudillos como el infierno. Ashley tembló, tembló con el cuero lamiendo ahora la redondez de uno de sus pechos y... ¡Zas!, sin esperarlo recibió un fuerte azote sobre la areola. El doloroso placer se expandió a su pezón y lo hizo enderezarse en marcial saludo.

—Calla, calla... —chistó él tras el chillido de Ashley—. No ha sido para tanto —arrulló con el tono barítono de su voz, haciendo girar la lengua de cuero sobre la zona golpeada.

Inspiró con suavidad. El olor que Nathan desprendía era tan intenso y embriagador, tan adictivo para Ashley, que ella temía quedarse sin su dosis, sin su dolorosa dosis de él. Era una yonqui consumada y desesperada por un lacerante chute de McNamara.

—¿Vamos otra vez? —le preguntó Nathan, conduciendo la fusta sobre la carretera de blanca piel. Los ojos chocolate de la mujer se posaron sobre él, sobre sus ojazos verdes... Golpeó el pálido pecho que se irritó incluso antes de que levantara la lengüeta y lo contempló al bambolearse.

Ashley se tragó la mitad del grito, solo la mitad, y abrió los ojos como platos pues el dolor irradió hasta su esternón. Si le preguntaran, pobre de ella, no sabría responder por qué era capaz de mantenerse en pie, por qué continuaba sobre la vertiginosa altura de los tacones.

McNamara la asió por la barbilla y le clavó los dedos en la mandíbula, movió la nariz sobre la sien, descendió por el pómulo, y bajó... bajó hasta los regordetes labios.

—¿Qué es lo que quiero oír? —Esta vez le cuestionó poniendo la fusta sobre una de las piernas de ella.

—Te quiero, Señor —masculló a la vez que se veía reflejada en la profundidad verdosa de los ojos de él. Ashley chilló por el impacto de la fusta en su muslo—. ¡Te quiero tanto que duele!

El dulce tormento fue tal que de no ser por el cuerpo de McNamara haciendo de retén, ella se hubiera caído de bruces.

—No te he oído —susurró, besando la primera lágrima que regó por la femenina mejilla. Nathan frotó la lengua de cuero sobre la piel, que lucía un color rojo llameante—. ¿Qué has dicho? —le preguntó antes de asestar un nuevo golpe sobre la zona lacerada.

—¡Te quiero tanto que duele! —gritó ella a todo pulmón. Los ojos se le anegaron de lágrimas y sollozó hiposa y tambaleante.

—Mi amor... —ronroneó él, prendiéndola por la espesura del cabello. McNamara cerró los ojos al besarla, el sabor de la boca de Ashley se fusionó con el de sus lágrimas.

El delirio, la quimera a la que él la tenía sometida la había lobotomizado, la había enganchado tanto a la montaña rusa de placer y dolor que siempre ansiaba más, más aunque Nathan la hiciera llorar, aunque le desgarrara el alma para luego recomponerla a base de susurros amorosos seguidos de implacables jalones de pelo.

Abrió los ojos y la miró. Viajó a través de los suaves mechones hasta calentar con su mano un lado del bonito semblante, acarició con el pulgar las empapadas pestañas inferiores y recogió en él la concentración salada. McNamara introdujo en su boca el dedo para poder tragar las lágrimas sin derramar.

—Una duendecilla como tú... —paladeó, sacando el pulgar de su boca y apoyándolo en los labios de ella— debe conocer muchos villancicos, ¿verdad?

—Alguno, Señor —musitó. La yema del pulgar de este corrió sobre sus labios y los apretó, haciéndole abrir la boca; el dedo entró en ella y pujó hasta el fondo. Ashley le miró cerrando los labios en torno al pulgar y lo succionó con suavidad.

—Bien, bien —roncó, él reculando para sacar el dedo de la rosada boca de Ashley. La saliva recubriéndolo, calentándolo. McNamara gruñó al volver a tener el pulgar a la intemperie—. Quiero que me cantes uno...

—¿Un villancico, Señor? —preguntó Ashley con el muslo ardiendo a la misma velocidad que sus pezones y el pulso en sus sienes.

—Sí, un villancico —cabeceó Nathan, separándose de la mujer—. El que tú quieras —le dijo mientras caminaba hacia la mesa y dejaba allí la fusta. Acarició la bola roja colgando de la primera pinza y la recogió, regulando el cierre metálico—. Estoy esperando —advirtió al no oír a Ashley.

—*You know Dasher and Dancer and Prancer and Vixen, Comet*

and Cupid and Donner and Blitzen.♫[7]... —empezó a entonar con la voz temblorosa. Ashley llevaba dos semanas cantando ese villancico con las niñas en el trayecto entre casa y el colegio. Se lo sabía de carrerilla pero la situación no era la misma. Cerró los ojos batallando con el dolor lacerante en su piel y la excitación que parecía jugar al escondite con su memoria—. *But do you recall? The most famous reindeer of all?♫[8]*.

McNamara ajustó la otra pinza y sostuvo ambas en una mano mientras que en la otra recuperó la fusta. Giró sobre sus pies desnudos y la miró.

—Muy bien, sigue —alentó, yendo a su encuentro.

—*Rudolph, the Red Nosed Reindeer.♫[9]*... —gimoteó, con el destello de las pinzas guiñándole el ojo con perversión. Ashley encogió el vientre y cerró los puños para contravenir la tentación de subir las manos y proteger sus pezones de la mordedura.

—*Has a very shiny nose.♫[10]* —siguió McNamara empujando la fusta entre los labios de Ashley a la vez que hacía que la sostuviera entre los dientes—. ¿Te he mandado callar? —inquirió al no oírla canturrear.

—*And if you ever saw it.♫[11]*... —vocalizó a duras penas cuidando que la fusta no cayera de su boca. La saliva se le agolpó sobre la lengua obligándola a tragar para que esta no rebosara por las comisuras de sus labios. Ashley atrancó los párpados sobre los ojos e inhaló con fuerza por la nariz.

—Más alto —demandó Nathan, moviendo dos dedos mientras realizaba con ellos círculos concéntricos sobre uno de los picudos pezones para que terminara de dilatarse. Abrió la pinza y mirando a Ashley la cerró alrededor de la ternura del saliente—. No te oigo, más alto —dentelleó, abofeteando el seno que bamboleó seguido del vaivén del adorno que colgaba de la pinza.

—*You would even say it glows!♫[12]* —aulló Ashley con la fusta saliendo disparada de su boca. Ya no era solo la presión de la pinza

7 ♫ Ver *Rudolph the Red Nosed Reindeer* página 141.

8 ♫ Ver *Rudolph the Red Nosed Reindeer* página 141.

9 ♫ Ver *Rudolph the Red Nosed Reindeer* página 141.

10 ♫ Ver *Rudolph the Red Nosed Reindeer* página 141.

11 ♫ Ver *Rudolph the Red Nosed Reindeer* página 141.

12 ♫ Ver *Rudolph the Red Nosed Reindeer* página 141.

en su pezón, sino el peso de la bola.

McNamara estuvo rápido y cogió la fusta al vuelo, la giró entre sus dedos y la puso firme delante de la cara de ella.

—**_All of the other reindeer's used to laugh and call him na-mes_**♪[13] —cantó él por Ashley, azotándole un lado de la cara hasta que la mejilla brilló incandescente—. Si la fusta se vuelve a caer... —comenzó a amenazar, apuntándola ahora con la susodicha aunque no terminó de hablar. Nathan miró aquella cara preciosa repleta de lágrimas y sudor—. Abre la boca —ordenó ablandándose. Él nunca había rozado el límite de la crueldad con ella; sencillamente no se veía capaz.

Ashley cerró las mandíbulas sobre la fusta y la sujetó rezando por mantenerla ahí quieta, incluso cuando la otra pinza le pellizcó el pezón. El peso de las bolas tiraba hacia abajo de sus pechos y los hacía doler tanto que ella no creía posible soportarlo y cantar a la vez, y aun así lo hizo, cantó con la saliva regando las comisuras de sus labios.

Él dio dos pasos hacia atrás para observarla. El rojo y blanco de la barra de la fusta tiritaba entre el nácar de los dientes, la pareja de bolas sujetas a los pezones por las pinzas jalaba con dureza la sensible carne. Nathan rio por el esfuerzo que Ashley hacía para no caer de la vertiginosa altura de sus tacones, sujetar la fusta y cantar al mismo tiempo.

—Podrías ser la imagen de una tarjeta de felicitación navideña —se mofó, avanzando los dos pasos que había retrocedido, y levantó la falda del vestido descubriendo... piel, ni un pedazo de tela acunando los regordetes labios vaginales.

Morirse, quería morirse... Ashley sorbió la baba y resopló, casi sintiendo la verga de él entrando en su sexo, mientras le hacía notar cada condenada bola engarzada a lo largo de la erección como peldaños, peldaños «de la escalera del Diablo» como ella solía llamarla y sumiendo su interior en un huracán de llamaradas.

—Imagina por un momento... La señora Banks en su cocina, tomando un rico café mañanero y comprobando el correo y ahí... ¡Ahí está nuestro sobre! —McNamara le quitó la fusta de la boca; hilos de saliva se escurrieron por la barra. Él los recogió con la otra mano y repartió la baba entre sus dedos—. Lo abre y... ¡sorpresa sadomasoquista y muy navideña! —carcajeó, inclinándose contra la

---

13 ♪ Ver *Rudolph the Red Nosed Reindeer* página 141.

mujer mientras le besaba la piel que le cubría la palpitante carótida para a la par meter tres dedos dentro de ella, dentro de su sexo de una asestada. Buceó en su interior con el sonido ahogado de la respiración de Ashley abanicándole el pecho y el chapoteo de sus mismos dedos.

Corrección: Ashley efectivamente iba a morir y en el parte forense pondría muerte por deshidratación... La crema brotaba de su interior con los embates de los dedos, y barboteaba ruidosamente a cada acometida. Bufó, mirando a un punto fijo en la pared de enfrente, se concentró en aquel punto para mantener a raya el orgasmo que burbujeaba ya en su matriz.

—Aguántalo —susurró Nathan, enterrando los dedos hasta el fondo. Los rotó un poco y movió solo las puntas. Sonrió con los movimientos espasmódicos de la vagina; la fuerza glotona que lo sostenía como con temor a que él sacara los dedos y dejara el «agujero de gloria» baldío y vacío—. ¿Quieres correrte? —le preguntó en otro susurro al darle un segundo beso.

—Sí, por favor, sí, por favor, sí, por favor, Señor —rogó Ashley de carrerilla. Al tener los ojos entelados de lágrimas la visión centrada en el punto fijo de la pared se le estaba haciendo turbia. Resolló al él sacar los dedos de su interior. El quejido húmedo del abandono resonó en la estancia.

—No —despachó McNamara, andando alrededor de la mujer. Caminó rozándola a cada paso. Paró a su espalda y acarició su nariz con la melena de Ashley—. Todavía no... —masculló, levantando la fusta y empujando con ella el gorrito sobre la cabeza de ella.

Ashley encogió los hombros con el calor de él quemándola.

—Todavía no, todavía no... —repitió llorosa, perdiendo el gorrito que cayó sobre el impoluto suelo.

—Vamos, vamos, tontorrona, puedes esperar. —Se sentó en la cama y acarició las sábanas de vinilo negro sin soltar la fusta, como si esta fuera parte ya de su anatomía—. Ven —ordenó, dando dos golpecitos sobre su regazo con la mano derecha.

Ella caminó con los regueros de excitación mojando la mitad de sus muslos y sus mallas, y sorbió su llanto antes de tumbarse sobre el duro y masculino regazo. Los pinzados pezones se vieron aplastados por la masa de sus propios pechos y las piernas de Nathan. La redondez de las bolas se hincó en su carne, marcándola. Ashley crispó los deditos de las manos y los pies al él levantarle del todo la falda de su vestido.

—Entre una cosa y otra... no has acabado de cantarme el villancico. —McNamara movió las piernas, adelantando a Ashley por un lado para que el blanco y bien proporcionado trasero quedara elevado, —. ¿Recuerdas por dónde ibas? —Acarició una pompa antes de alzar la palma izquierda y batirla en el aire para que al caer la fusta chasqueara sobre la piel.

Al Nathan moverla, sus pechos se arrastraron sobre el ancho de las piernas y cayeron hacia delante. Las bolas se despeñaron sin llegar a tocar el suelo, pues pendían de los ya rojísimos pezones

—No... no me acuerdo, Señor —tiritó Ashley con la caricia que se transformó en azote. Ella comprendía a Lady Gaga y su *Judas*[14]. **«*Oh baby it's so cruel but I'm still in love with Judas*♫[15]»**.

—***They never let poor Rudolph*♫[16]**... —recapituló McNamara. La vocecita de Ashley hizo coro con la lluvia de azotes. La epidermis nívea y firme tomó un tono granate. Líneas de un profundo bermellón surcaron del coxis hasta la hendidura de las pompas con los muslos.

Ashley no perdió el hilo del villancico y siguió cantándolo, a veces gritándolo, y finalmente llorándolo.

—Estás convirtiendo el villancico en un réquiem —espetó Nathan con el cansancio tomando posesión de su muñeca. Lanzó la fusta a la cama, tras de sí—. Levántate —ordenó, dando una muy fuerte palmada en el centro de las nalgas de Ashley. Sus huellas dactilares quedaron tatuadas sobre la piel, incluso sobre la rojez de los golpes de fusta.

Al ponerse en pie, Ashley notó el fogonazo doloroso concentrado en su trasero, e hipó mareada por el ardor y la necesidad orgásmica rugiendo en su sexo.

—Eres un duende de pacotilla —escupió, levantándose de la cama. La tomó por el cuello y apretó hasta que ella abrió la boca en busca de oxígeno. McNamara la lanzó sobre el colchón y le ladró—. Sobre manos y rodillas. ¡Ahora!

Olía su excitación y la oía en el grueso timbre de su voz; Ashley hasta imaginaba el sabor terroso del semen en su boca, de su calidez al regarle la lengua. Jadeó, colocándose tal como él se lo había ordenado, sobre manos y rodillas.

---

14 El autor hace referencia a la canción ♫ *Judas* de Lady Gaga.

15 ♫ Estrofa de la canción *Judas* de Lady Gaga. (In) Oh, cariño, él es tan cruel pero sigo enamorada de Judas.

16 ♫ Ver *Rudolph the Red Nosed Reindeer* página 141.

Nathan volvió a la mesa, dejó en ella la fusta y cogió la varita mágica.

—No me zorrees, voy a follarte de todas formas pero será cuando yo quiera —gruñó al pararse ante Ashley y ella mover las caderas invitándole a... «romperla»—. Baja la cabeza, que quede apoyada sobre tus manos.

Ashley gimió al oírle y contuvo el vaivén de sus caderas, bajó la cabeza y reposó la frente sobre sus manos unidas, y entonces... entonces oyó un zumbido. Las bolas engarzadas en pinzas a su vez sujetas en sus pezones reptaron por las sábanas y al impulsar sus pechos hacia arriba quedaron suspendidas en el aire. El rojo de sus pezones estaba mutando a un borgoña violáceo.

—¿Lo oyes? —preguntó él en un tono que no la invitaba a responder. McNamara dobló su pecho sobre la espalda de ella y el oscuro y rizado vello rascó la piel de Ashley. Cruzó el brazo izquierdo por la cadera de ella y bajó la mano hasta apoyar el cabezal de la varita sobre el capuchón del clítoris y el grosor de los labios—. Gira y gira y... gira.

Después de dar a luz a Gabriela, Nathan le había comprado a Ashley unas **bolas chinas** y también unas **bolas de peso** que tras la **cuarentena** fue introduciendo en su canal. Las cargaba una tras otra para después mandarle sacarlas. Ashley pudo con ello; fue capaz de manejar las sensaciones que le producían, pero el cabezal de la *shibari wand* que ahora rotaba y vibraba sin descanso, sin tregua, eso ya estaba siendo harina de otro costal.

—Ni se te ocurra correrte, Ashley —amenazó McNamara, enderezándose algo sobre la espalda de ella. Zigzagueó con la mano libre por el terciopelo verde del vestido, jugó con el tirante en el hombro y prendió un puñado de cabello, lo enrolló alrededor de su palma y dentelleó—: No todavía.

Y giraba y giraba y giraba... al igual que los ojos en sus cuencas, un tic pellizcó sus muslos y Ashley los encogió, apretando por inercia el suelo pélvico. En sus sienes nacían riachuelos de sudor que iban a morir a su quijada y se incubaban gotitas de transpiración en la curvatura de su labio superior.

—¿Y si te diera permiso para correrte? —Nathan se sentía benevolente. «Será cosa de la Navidad». Jaló la cabellera de la fémina hasta que ella levantó la testa. En esos instantes estaban mejilla con mejilla y le susurró—: En tres..., dos... —La salobre transpiración de Ashley le condimentó la piel. Él presionó con fuerza el cabezal de la varita y con el chirrido de los dientes de la funambulista caminando por la cuerda floja de la cordura él entonó —... uno.

A lo largo de los años que llevaba junto a Nathan, Ashely había experimentado muchos tipos de dolor, y con ellos asumido y comprobado su límite; no obstante el dolor supremo tan placentero como adictivo en ese momento bombardeaba su cerebro de endorfinas asfixiando cualquier tipo de pensamiento. El «uno» fue el pistoletazo de salida a la corriente que electrificó su hipotálamo y quebró el contenedor de su deseo... Ella cayó al abismo del paroxismo, sin arnés, sin seguridad alguna...

Chorros de crema se precipitaron en torno al cabezal de la varita y salpicaron a modo de furibundas fuentes; aquello sí que era auténtico **squirting**. McNamara mantuvo la *shibari wand* hasta que el caudal orgásmico dejó de asperjar.

Al él soltarle la cabellera, su cabeza se despeñó sobre la cama como debió ocurrirle a la testa de **Marie Antoinette**; aunque a diferencia de la suya, la de Su Majestad acabó en un cesto de mimbre. Ashley tenía la cara enrojecida y brillante de sudor, cubierta de lágrimas y saliva. Pestañeó, sumergida en la marea de endorfinas que llevaba a pique la estabilidad de su cerebro.

McNamara despidió con un «hasta ahora» a la varita, descolgándose esta de su mano al colchón. Metió un dedo muy al fondo del sexo de Ashely, maldijo para sí y se levantó sobre ella, que en consecuencia acabó totalmente tumbada en las pringosas sábanas.

Ashley tenía los oídos taponados, no oyó a Nathan quitándose los pantalones ni el restallido de la goma de los bóxer al separarse de las masculinas caderas.

Él se situó tras la mujer y la alzó por las caderas, obligándola a ponerse de rodillas. Nathan ahuecó las azotadas nalgas en la grandeza de sus manos y las sopesó, desencadenando la salida de un pequeño chorro de crema que fue directo a las sábanas.

Ashley parpadeaba mientras las manos de él vagaban de sus nalgas hasta sus morados pezones y jadeó por el hormigueo lacerante circulando en sus mamas.

McNamara unió en la palma de su mano izquierda las dos bolas que colgaban de las pinzas y aplanó la derecha sobre un lado del semblante de Ashley.

—¿Creías que habíamos acabado? —Le hincó los dedos en el delicado hueso de la quijada—. ¿De verdad lo creías? —le preguntó, esta vez metiendo tres de sus dedos en la boca de Ashley y enganchándole la mejilla por dentro.

Ella emitió un ronco jadeo al Nathan tirar de las bolas. Ashley sentía los pezones enormes. La manaza se apartó de su piel dando por finalizado el juego con las pinzas. La sustituyó por el brazo tatuado, este cercó su cadera y la aseguró a la cama.

—Hija de puta —roncó McNamara, metiéndose en su sexo. Pocas veces, por no decir ninguna, Nathan había acabado diciéndole algo así, pero, Jesús, ella estaba tan jodidamente empapada que su verga nadó en los jugos que aún se agolpaban en el interior de la mujer. Pujó, siguió pujando y tal como lo hacía estiraba del femenino carrillo.

Era tan intenso, lo que sentía era tan fuerte que sus terminaciones nerviosas trabajaban a dos mil por hora, parpadeaban tras sus ojos abiertos y desorbitados y chillaban en sus oídos. Confundir a Judas con el **Leviatán** buceando ahora en su centro era como poco un pensamiento sacrílego.

McNamara saludó de nuevo a la varita mágica y la recogió de la cama, presionó el botón y el cabezal de esta comenzó a girar y a vibrar, y apoyó la varita un tanto más abajo del clítoris. Aseguró ahí la zurda, necesitó medio erguirse sobre la sudorosa espalda de Ashley y sacar los dedos de su boca para agarrarse una vez más a su pelo, jaló con fuerza y apretó las muelas. La vibración masajeaba su verga metida dentro del canal de ella y corría por todo el tallo hasta traquetearle en los testículos.

Ashley jadeó con los gualdos *piercings* horadando, excavando en su interior...

—Mierda, mierda, mierda —repitió Nathan que comenzó a embestirla; a cada empuje tiraba de la cabellera. La vibración, acompañada por las constantes convulsiones vaginales, estaba endureciendo sus testículos hasta el punto de dolerle. Cuadró la mandíbula y se quedó quieto dentro de ella, tan dentro como para estar aturdido.

Ashley abrió la boca y tragó todo el aire que pudo. La penetración era profunda; tanto que ella hubiera jurado notarle palpitar junto a su corazón.

—Estoy controlándome por ti —farfulló, reculando. McNamara bajó la cabeza con varios mechones grisáceos pegados a la frente a causa del sudor, y miró cómo su verga emergía de los pliegues de Ashley junto al sonido cremoso de las bolas engarzadas a su carne que despuntaban del musculado canal—. Te estoy esperando —exhaló, rompiendo el lazo en el cabello de Ashley y varó la mano en el hombro a su alcance. Resolló algo que ni tan siquiera él entendió al quedar fuera del calor de ella. La acampanada cabeza de su erección y la bola dorada ensortijándole el prepucio centelleó, recubierta de crema—. ¡Date prisa! —rezongó, estrellándose de nuevo en Ashley al pujar con sus caderas y acometer bien hondo, hasta el fondo.

Ella lagrimeó con el nuevo orgasmo que llegó junto a la vibración de la varita mágica en la unión de sus sexos, en la rápida y fuerte monta. Ashley apretó la agrupación de músculos en torno a la inhiesta verga, soltó y volvió a apretar notando como esta en respuesta daba un fuerte trallazo previo al tiro lechoso. ¡BANG!

—*Oh, Dio!*[17] —voceó Nathan en su idioma natal mientras enterraba las uñas en el hombro de ella, soltando la *shibari wand*. Chorros de crema y de su propia eyaculación salpicaron en torno a su erección, manchándole las ingles, el vientre, las nalgas de Ashley y sus bonitas mallas a rayas rojas y blancas.

Ella quedó sepultada bajo el cuerpo de McNamara. Los desarrollados músculos se movían al compás de la pesada respiración del hombre que había caído fulminado a su espalda, la verga revestida de sus mismos pliegues aún daba latigazos y la *shibari wand* continuaba vibrando y su cabezal girando.

Nathan salió de ella y se ladeó en la cama para dejarse caer, recogió a Ashley y la giró colocándola boca arriba en el colchón. Le despinzó los pezones.

—Nena... —llamó, irguiéndose en la cama. Los ojos chocolate cerrados, la boca entreabierta—. Cariño, vuelve conmigo. —Y esta vez no se lo ordenaba, se lo estaba pidiendo.

Ashley abrió los ojos, encontrándose con la profundidad verdosa de los de Nathan. Suspiró a la vez que le miraba cansada y llena. No solo llena de la semilla de él, lo estaba de su amor, de ese amor vibrante que destellaba en los ojos de ambos.

Él sonrió, acariciando las facciones que tan bien aprendidas tenían sus dedos, retiró los mechones empapados que se habían adherido a la cara de Ashley e ignoró la varita mágica vibrando entre las piernas de ambos.

—Tengo que ir a encender el horno —le dijo, depositando un beso en la húmeda frente.

—¿El horno? —trastabilló Ashley mientras la vibración de la varita moría al él apretar el botón de *off*. Se estiró en la cama y se abrazó al tatuado brazo—. No te vayas... —le pidió en un murmullo.

---

17 (It) ¡Oh, Dios!

—Las galletas. —Sonrió McNamara con ella aferrada a su brazo. Ashley levantó la cabeza y le miró.

—¿Las galletas? —preguntó, desenganchando los dedos y estirándose de nuevo en el colchón.

—¿Qué clase de padre sería si las galletas no estuvieran horneadas y frías cuando llegaran sus niñas del viajecito con el tío Alexis? —interpeló a la vez que se sentaba en la cama y empujaba su pelo hacia atrás. Nathan estiró el brazo para poder acariciar uno de los pálidos muslos de Ashley.

Ella recordó que el día anterior él le había dicho que esa mañana, después de pasarse por la comisaría y asegurarse de que todo estaba en orden, iría a comprar los *icings* y los rotuladores de tinta comestible para que las niñas pudieran decorar las galletas durante la tarde.

—Date una ducha, luego limpiaré esto. —A fin de cuentas él solo tenía que sacar la masa de la nevera que había preparado la noche anterior, cortarla con los moldes y hornear las galletas. Nathan se puso en pie y se metió dentro de los pantalones, recogió los bóxer y el sombrerito de duende.

—***Then all the reindeer loved him, as they shouted out with glee***♫[18] —tarareó Ashley con la voz enronquecida y el sueño pesándole en los parpados.

—***Rudolph the Red Nosed Reindeer, you'll go down in history!***♫[19] —acabó por ella tratando de ajustar el sombrerito a su cabeza, aunque al no conseguirlo lo aseguró a un lado de esta. McNamara la miró y sonrió antes de ir a la cocina a encender el horno.

---

18 ♫ Ver *Rudolph the Red Nosed Reindeer* página 141.

19 ♫ Ver *Rudolph the Red Nosed Reindeer* página 141.

Glosario

Alfombra afgana: Alfombra de lana anudada a mano, cuyos colores de base suelen ser distintos tonos de rojo.

Árbol de Navidad Rockefeller: La Navidad en Nueva York se inicia oficialmente con el encendido del árbol del Rockefeller Center.

Bear: Hombre gay masculino fuera del estereotipo de homosexual afeminado, con cuerpo fornido y abundante vello facial y corporal.

Bob: Corte de pelo clásico también conocido por ¾ .

Bolas chinas: O bolas de *geisha*. Son dos bolas que a su vez en el interior tiene dos bolas más pequeñas. Se introducen en la vagina para fortalecer el suelo pélvico.

Bolas de peso: Bolas de distintos pesos que se utilizan para reforzar el suelo pélvico, principalmente tras el parto.

***Candy canes*:** Bastones de caramelo. Originalmente con sabor a menta, hoy en día se comercian de multitud de gustos diferentes.

Chinatown: Barrio chino situado en Manhattan, Nueva York. Famoso por su gran población china.

***Christmas pudding*:** Pudin o pudín de Navidad, plato de origen anglosajón que se prepara durante las fiestas, elaborado principalmente con fruta seca.

CIA: Agencia Central de Inteligencia de EE.UU.

Cruz de San Andrés: Cruz en forma de «X» o aspa, antiguamente usada como elemento de tortura y hoy utilizada en las prácticas BDSM.

Cuarentena (Postparto): Periodo que comprende cuarenta días después de dar a luz que y consiste en la abstinencia sexual.

Desbarbados, ni descrestados, ni acicalados a la usanza cubana: Dícese de los gallos de pelea cuya cresta y barbas han sido amputadas.

***Dildo* (Consolador):** Es un juguete sexual que generalmente emula un pene, aunque a día de hoy se presenta en diferentes formas, tamaños y colores.

Fantasma de las navidades pasadas, navidades presentes y futuras: Personaje de la célebre novela *Cuento de Navidad* de Charles Dickens.

Grinch: Personaje del cuento *Dr. Seuss' How The Grinch Stole Christmas*, símbolo navideño que ensalza el consumismo y olvida su espiritualidad.

Hormiga atómica, la: Famoso personaje de dibujos animados que siempre va deprisa.

I Rub my Duckie: Patito vibrador presentado en diferentes modelos que van desde el patito de baño clásico hasta el pirata y el *bondage*.

Icings: Glaseados originalmente compuestos por clara de huevo y azúcar glas y/o agua y azúcar glas. Sirve para cubrir donuts, pasteles e incluso frutas.

Leviátan: Bestia marina del antiguo testamento, llamado Amo demonio de los océanos.

Marie Antoinette: Última reina francesa; fue decapitada en la guillotina el 16 de octubre de 1793 durante la Revolución Francesa.

Mr Scrooge (Ebenezer): Nombre del protagonista de la novela *Un cuento de Navidad* de Charles Dickens.

National Rifle Association (NRA): Asociación nacional del rifle (EE.UU) cuyo cometido es defender el derecho a poseer armas.

Ophra (Winfrey): Famosa presentadora, productora, actriz, filántropa, empresaria y hasta crítica de libros estadounidense. Principalmente aclamada por su programa televisivo *The Oprah Winfrey Show*.

Pachanga: Mezcla de son montuno y merengue originario de Cuba.

Pastillita azul: Como comúnmente se denomina a la viagra. Sirve para corregir la disfunción eréctil.

Potro: Mueble originario como instrumento de tortura, ahora utilizado para prácticas de BDSM.

Plug (Butt plug): Conocido también por tapón anal, es un juguete sexual que se introduce en el recto.

Rainbow candy canes: Bastones de caramelo con un patrón de color que va desde los típicos tonos navideños, blanco, verde y rojo, hasta colores fantasía.

Réquiem: Música para difuntos.

Sheriff: Oficial de policía de un condado estadounidense.

***Shibari wand* (Juguete erótico):** Masajeador con cabezal redondo y rotatorio, muy utilizado en el mundo BDSM.

Squirting (squirt): Eyaculación femenina en chorro.

HELENA ACOSTA

Milán, Italia, diciembre 2010.

—¿Qué haces?
—Nada.
—¿Qué?, ¿qué coño haces...?
—Nada, no hago nada.
—O sea... Me paso media hora buscándote por toda la casa, te he llamado a voz en grito hasta desgañitarme y tienes los bemoles de decirme que no pasa nada. La casa está patas arriba, como si hubiera sido asaltada por una horda de eslavos. Te encuentro aquí arriba, tú que detestas cualquier bicho de seis patas y subir por esa escalerita de chichinabo... Doña Remilgada está sentada en el suelo, rodeada de trastos viejos a los que normalmente les tienes alergia. Tienes abiertos los baúles de Luigi, ropa de hace no sé cuánto por aquí tirada, y tienes los putos huevos de decirme que no pasa nada. Dios, hermanita, pensé que habían entrado a robar y te habían secuestrado, matado o qué sé yo. No quiero ni imaginarlo... —Al decir esto último Carlo se acuclilló frente a su hermana y le volvió a preguntar, esta vez de forma mucho más sosegada, casi en una súplica—: Eli, ¿qué haces aquí? —Ella farfulló algo a modo de respuesta aunque él nada comprendió, así que la cogió suavemente por la barbilla y la obligó a levantar la cabeza y a mirarlo. No había brillo en sus ojos,

ese brillo juguetón al que estaba acostumbrado y tan feliz le hacía—. Nena, ¿qué haces aquí? ¿Qué ha pasado abajo?

—No quiero que sea Navidad. No puede haber Navidad sin él. Quiero mi vida, quiero que me la devuelvan, lo quiero a él, lo quiero aquí y ahora, ahora mismo.

Rompió a llorar, desconsolada, y se refugió en el pecho de su hermano quien, lejos de apartarla, la envolvió con sus brazos, igual que cuando eran pequeños, cuando algún malvado compañero de clase se reía de ellos por ser tan parecidos: dos gotas de agua. Tanto que a pesar de ser chico y chica eran fáciles de confundir.

—Cariño, las cosas no son siempre como las queremos. Han cambiado y habrá que acostumbrarse a ello.

—No quiero, no quiero acostumbrarme —acertó a decir Eli entre hipo e hipo.

—Cariño, eso de que los sueños se hacen realidad...

A lo que ella le cortó y contestó gritando.

—¡Sí, tienes razón, esto no es un sueño, es una puta pesadilla y no, no, no quiero, no puedo, no puedo...!

—Tranquila, pequeña, tranquila, con el tiempo dolerá menos. Estoy aquí. Siempre, siempre estaré aquí para lo que quieras, cuándo y cómo quieras. Anda, levanta. Vamos a la cocina que te prepararé algo caliente y yo me haré una tila, que buena falta me hace. Casi me muero del susto al ver la casa.

—Lo siento, yo...

Carlo le puso un dedo sobre la boca y no la dejó acabar. La ayudó a incorporarse y ambos se acercaron a la escalera de la buhardilla. De allí bajaron a la cocina, donde él puso en marcha el hervidor de agua mientras enviaba a su hermana a refrescarse y lavarse la cara. A su vuelta él ya tenía lista su tila y para ella había preparado unas tostadas, unas lonchas de beicon fritas, unos huevos revueltos y una buena y humeante taza de café bien cargado.

Eli se quedó pasmada en el marco de la puerta y sonriendo le comentó a su hermano:

—¿Desde cuándo sabes cocinar? Porque, que yo sepa, no te puede haber dado tiempo a encargarlo y que lo traigan. Parece que la vida de divorciado te sienta bien, si eso significa que has tenido que aprender a cocinar y has encontrado tiempo para tu hermanita.

—Oye, perdona, señorita, pero no sé si recuerdas que llevo toda la vida haciendo el *brunch*[20] de los domingos en casa y que mamá dice que mis tortitas son mejores que las tuyas.

Eli no pudo más que reírse, se acercó a su hermano y a empujones lo llevó hacia la pica, diciendo que si estaba insinuando que era mejor cocinero que ella. Carlo, que iba haciendo que sí con la cabeza, aprovechó para abrir el grifo que estaba detrás de él y empezó a salpicar a su hermana. Ella por, supuesto, no se quedó atrás y le devolvió la jugada. Así que los dos se llevaron una buena dosis de agua y acabaron sentados en el suelo de la cocina, abrazándose y riendo como en los viejos tiempos, como cuando eran niños.

—Oye, hermanita, vale más que nos pongamos ropa seca que si no pillaremos una pulmonía. Te calentaré el piscolabis y me parece que me haré un café yo también. Lo de la tila, como que ya no me hace falta...

—Vale, vale. Nos cambiamos, comemos y me cuentas qué tal te va todo.

—De eso nada, nos cambiamos, comemos, recogemos y, mientras, te cuento cómo me va todo.

—Pero...

Por mucho tiempo que pasaran separados, en el momento en que volvían a estar juntos era como si siempre lo hubieran estado. Lo de ser gemelos suponía además tener un sexto sentido que les permitía saber cuándo uno de los dos estaba en problemas o se encontraba mal. Por eso Carlo había sentido la necesidad de ir a casa de Eli ese día.

Al ver la cara de su hermano, Eli vio que no valían discusiones, y mientras iba a lo que le habían dicho, le comentó a Carlo:

—Vale, vale, lo hacemos a tu manera. Ya sabes dónde tienes toallas y ropa de recambio.

Cuando Carlo y Lidia decidieron darse un tiempo para pensar sobre su relación, Carlo había tomado posesión de la habitación de invitados y ella, al no tener muy claro cómo acabaría todo, la había dejado tal cual estaba, por si acaso.

Carlo, para quitarle hierro al asunto, salió disparado detrás de ella y simuló atropellarla al pasar.

—El último tira la basura...

—¡Capullo, no vale! ¡Eh, me has empujado...!

Eli salió corriendo también, con todo y sabiendo que lo más

---

20 (In) Comida realizada entre el desayuno y el almuerzo.

seguro era que le tocase tirar la basura. Mientras buscaba ropa limpia y seca se dio cuenta de que no quedaba ni una sola prenda dentro del armario; estaba todo desperdigado por la habitación. Al rato, oyó ruido en la cocina. Le iba a tocar tirar la basura, como casi siempre cuando eran pequeños. Se puso lo primero que encontró y fue a la cocina.

Carlo estaba sentado a la mesa frente a una humeante taza de lo que parecía oscuro y espeso café. De ese que huele como los ángeles, capaz de levantar a un muerto. Saboreaba una cucharada de espuma.

—Toma, esta es para ti —comentó a la vez que adelantaba otra taza que le puso delante al sentarse ella frente a él.

—¿Es «capu»? ¿De verdad es *capuccino*?

Eli venteó el humillo que salía de la taza y entornó los ojos cuando esa inconfundible fragancia del *cappucino* de verdad le golpeó las papilas olfativas. Incluso tenía ese toque avellanado tan especial. Ese toque que solo su padre sabía darle.

—Sí, es «capu». Tómatelo mientras está humeante y come, que no pienso volver a calentar nada, que luego sabe a plástico.

Ella se acercó la taza a los labios, sorbió y con espuma en los labios, mirando a su hermano preguntó:

—¿Está papá?¿Ha venido papá?

—No, cariño, no. Siguen en La bella Addorentata, en casa de los Bonacolsi.

A Eli se le puso cara de no entender nada. Nadie sabía hacer ese «capu» salvo su padre, así que...

—¿Está bueno? ¿De verdad me ha salido bien? —le preguntó Carlo.

—Así que sí lo has hecho tú. Hermanito... me parece que me he perdido muchas cosas. Está de cojones. Es como estar en casa, igualito, igualito que el de papá.

—O el de la tía María.

Eli volvía a tener brillo en los ojos y mientras se llevaba la taza a la boca, soñando con casa, Carlo le acarició una mejilla.

—Venga, hermanita, acaba y yo te cuento mientras recogemos. Cuando vosotros, tortolitos, volvisteis de vuestra luna de miel, me pareció de mal gusto seguir aquí y como en casa necesitaban un diseñador, Lidia y yo habíamos decidido que ya no nos queríamos como pareja y nos divorciaríamos, alquilé un apartamento de soltero a las afueras de Varese y allí me mudé.

Carlo se levantó, cogió los platos vacíos, les pasó un agua y los metió en el friegaplatos mientras seguía hablando y volvía a por las tazas que le acercó Eli.

—Bueno, ya sabes cómo es la tía María. Tiene que tener a todos los polluelos bajo el ala y cuando se enteró montó en cólera, mandó recoger mis cosas y las hizo llevar al estudio del jardín. Intenté resistirme, pero con su típico *non si parla piu*[21] dio el tema por zanjado. La verdad es que tampoco me resistí demasiado. Entre unas cosas y otras me venía bien un poco de calor familiar, ese eterno olor a **pesto**, café fuerte y barniz. Hasta agradecí los achuchones de la tía y sus collejas cada vez que decía o hacía algo que no le encajaba.

—¿Por qué no me di cuenta de que te sentías tan solo? ¿Por qué no me llamaste?

Eli le había puesto una mano en el hombro.

—Nena, yo escapaba de un amor perdido y tú... tú bebías de un amor recién hallado. No era cuestión de romper el hechizo... —dijo Carlo, sonriendo.

—Pero... pero tenía que haber estado allí, allí para ti y no...

Carlo sacudió la cabeza. No la dejó seguir y para quitarle hierro al asunto añadió:

—Tranquila, que la tía se encargó más que bien de no dejarme tiempo para pensar. Me hizo pagar con creces todas las veces que de pequeño me escapaba de la cocina y me escabullía al taller para ver trabajar al tío y a papá.

—No me jodas que por fin aprendiste a hacer **conchiglie**.

—Te juro que todavía me duele el cogote cada vez que pienso en las collejas que me llevé hasta que me salieron bien, pero te apuesto a que ahora hago más que tú en cinco minutos.

Eli se reía solo de imaginar a su hermano con la cabeza doblada hacia delante y su tía dándole collejas a la voz de *devi fare un altro!*[22] a la vez que vigilaba cómo le salían y a la velocidad que les daba forma. Ella era la verdadera esencia de la familia, la matriarca al más puro estilo italiano y cualquiera se cuidaba de llevarle la contraria. Estaba claro por qué el «capu» tenía ese sabor. La tía se había encargado de que le saliera a la perfección, tal como debía ser. Ella no admitía nunca menos que eso y todo y así, en cuanto alguien tenía un problema, era a la tía a quien acudía.

---

21 (It) Ni una palabra.

22 (It) ¡Debes hacer otro!

Fue ella por tanto la que más ayudó a Carlo a superar el dolor de la separación, por mucho que fuera amistosa y que él y Lidia siguieran siendo amigos.

Carlo se alegró de oír a su hermana reír, pero le recordó que debían recoger y que ya estaba bien de cháchara.

—Hermanito… ¿te estás rajando? ¿Me acabas de retar y te piensas que te puedes escabullir sin mojarte? De eso nada, esta noche hay conchiglie para cenar y ya veremos quién los hace mejor. Te recuerdo, por si te habías olvidado, que son cosa mía cada vez que hay reunión en la cumbre.

Con lo de reunión en la cumbre se refería a las reuniones familiares, para las cuales cualquier excusa era buena y en las que se podían llegar a juntar fácilmente veinte o treinta personas.

—Hecho, esta noche cenamos tu querida sopa de **polpetti** con *conchiglie* y *pesto*, que falta nos va a hacer después de acabar con este desastre. —Esto lo decía mientras iba por el pasillo recogiendo ropa, colocando bien los cuadros y devolviendo enseres a su sitio.

—¿Te quedarás a dormir, entonces? —preguntó Eli, quien detrás de él también iba recogiendo.

—Sí, cariño, me quedaré el tiempo que haga falta; estoy de vacaciones.

—¿*La signora*[23] Lombardi te ha dado vacaciones? No me puedo creer que la tía se haya vuelto tan moderna y dé vacaciones a sus empleados.

—Te equivocas, nena, empleado no, socio. Al decidir volver a casa, al negocio familiar, papá y la tía me cedieron parte de sus acciones, así que soy socio.

—¿De verdad? Estarán encantados de la vida, después de salirles yo rana. Por lo menos hay un nuevo Lombardi en el negocio y *Mobili*[24] Lombardi no morirá con ellos. No sabes cuánto me alegro, hermano.

Una vez terminados la cocina, los pasillos, el comedor y el despacho, pasaron al dormitorio. No quedaba nada en el armario, ni en los colgadores, ni en los cajones Eli lo había sacado todo. Había ropa por el suelo, sobre las mesitas de noche y encima de la cama. A Carlo le llamó la atención que la cama estuviera hecha. Le había extrañado encontrar las almohadas en el sofá, pero no había dicho nada; quizás fuera por su dolor de espalda. Ahora parecía evidente:

23 (It) Señora.

24 (It) Muebles.

Eli debía de estar durmiendo allí. La miró y la fue a abrazar, pero ella lo escabulló, se dejó caer de rodillas, escondió la cara en la colcha y empezó a sollozar. Carlo apartó algo la ropa para sentarse en la cama y, sin decir nada, le fue acariciando un hombro. La dejó desahogarse y solo cuando el llanto se hizo menos intenso, se escurrió al suelo él también, y la cogió entre sus brazos para acunarla de nuevo.

—Tranquila, cariño, no pasa nada, todo está bien. Llora lo que necesites, estoy contigo.

—No la encuentro, Carlo, no la encuentro.

—¿Qué es lo que no encuentras, cariño?

—Su camisa.

—¿Qué camisa? Esto está lleno de camisas, camisetas, calzones. Se te habrá despistado entre tanta montonera.

—No, Carlo, no está. Lo he revuelto todo. Llevo desde ayer buscándola y no está. —De nuevo prorrumpió en llanto y Carlo seguía sin saber de lo que ella hablaba. Se quedó mirando hacia el infinito, viendo sin ver mientras su hermana lloraba y se moría por dentro. No podía, no sabía cómo consolarla y algo se moría también dentro de él.

De pronto, se fijó en algo que había en el suelo. Era una foto de la familia en Navidad. Allí estaban todos, allí estaba Luigi ataviado con su ridícula camisa roja de leñador. No es que las camisas de leñador fueran ridículas, pero la de Luigi tenía su miga.

Hacía unos cinco años que Eli, en su afán de demostrarle sus dotes de ama de casa, le había personalizado una de esas gruesas camisas invernales a cuadros rojos y negros. Detrás había bordado una corona de adviento con su nombre en letras doradas en el centro. Delante tampoco se había quedado corta, en un bolsillo había bordado a **Rudolph** con su naricilla roja y en el otro al viejo Santa con su saca de regalos a cuestas. Debió de pasarse meses bordando a escondidas para no desvelar el secreto. Aquella Navidad la cara que se le quedó a Luigi al abrir su regalo fue todo un poema. La carcajada de la familia, apoteósica, y el cabreo de Eli monumental. Tanto que se encerró en el dormitorio y se negó a participar de la comida del 25. Todos pasaron delante de su puerta, intentando convencerla sin éxito de que saliera. La tía María tuvo que hacer uso de todas sus dotes de persuasión para que por lo menos le abriera y la dejara entrar. Nadie supo nunca lo que hablaron, pero lo cierto fue que al rato salieron ambas de la habitación y Eli le saltó al cuello a Luigi, quien cabizbajo y compungido estaba sentado al calor del hogar con su nueva camisa puesta.

Al año siguiente quien había llevado orgullosa la camisa había sido Eli, ocultando apenas su incipiente panza. Fue el mejor regalo que jamás a un hombre se le podría hacer, Eli iba a darle un hijo y a la familia, un miembro más.

Llevar esa camisa se convirtió en tradición; era como un símbolo de la llegada de la Navidad y año tras año Luigi se la ponía con sumo orgullo a pesar de saber que era de lo más hortera. ¿Cómo no había caído Carlo en que era esa la camisa que Eli buscaba con tanto ahínco?

Carlo se agachó, cogió la foto y se la mostró a Eli, preguntándole si era eso lo que buscaba.

Eli dijo que sí con la cabeza. Con los ojos anegados todavía por las lágrimas y sorbiendo los mocos, le hizo saber que eso era lo único que le podría hacer soportable esas fechas. Lo único que quería era podérsela poner, estirarse en el sofá y dejar pasar los días.

—Eli, cariño, todo el mundo te espera en casa. No puedes quedarte aquí sola, dejándote consumir por la pena.

—Carlo, no quiero, no puedo… ¿Es que no entiendes que allí, más que en cualquier otro sitio, está él? No puedo, simplemente no puedo.

Y volvió a estallar en lágrimas.

—Sé que es complicado, pero el pequeño Gigi te necesita. Es demasiado pequeño para comprender lo que está pasando exactamente. No puedes permitir que pierda a su papá y a su mamá también.

—Carlo, ¿por qué a él? ¿Por qué, si Luigi era bueno, estaba sano y yo le quería tanto? ¿Por qué, por qué a mí?

Carlo le levantó de nuevo la cabeza a su hermana, la cogió suavemente por la barbilla, la miró a los ojos y le dijo:

—Eli, el cáncer no entiende de por qué sí o de por qué no, pero lo que tengo claro es que Luigi no te perdonaría nunca el dejarte morir así y abandonar a vuestro hijo. Tienes una responsabilidad y un deber respecto a él. No merece quedarse huérfano.

—Carlo, lo quiero tanto, tanto… Pero lo miro y veo a Luigi en sus ojos y no puedo, no puedo.

—Pues tendrás que poder. El niño puede quedarse con Bea el tiempo que haga falta, pero Bea no es su madre y él te necesita a ti. Mira, vamos a hacer una cosa. Acabamos de recoger y hacemos los *polpetti* con *conchiglie* y *pesto*, porque eso sí que no te lo perdono. A ver si tienes narices de hacerlo mejor que yo. —Eli iba a replicar algo, pero este le sacudió la barbilla, le soltó la cara y siguió hablando—: Cenamos y nos vamos pronto a la cama o nos quedamos charlando, eso da igual, lo que tú digas. Pero mañana por la mañana hacemos las maletas, cerramos la casa, recogemos a Bea y a los niños y nos vamos a Varese.

—Pero...

No la dejó seguir.

—No hay peros que valgan, que por algo soy mayor que tú.

Eli sonrió y le pegó un empujoncito cuando él se levantó y la ayudó a hacer lo propio.

—Ocho minutos, ocho minutos no son nada.

—Lo que tú digas, pero sigo siendo el mayor. Así que se hará como yo diga.

—Sí, jefe.

Eli se cuadró y le regaló un saludo militar.

Terminaron de recoger y fueron a la cocina a preparar la pasta y la sopa. Carlo abrió la nevera para sacar los ingredientes necesarios que, obviamente, no encontró. Hacía días que Eli vivía a base de conservas, así que él le propuso ir al colmado de la esquina a por lo que faltaba y le sugirió que mientras se diera un baño caliente y se lavase el pelo, ya que apestaba a mofeta.

Cuando ella salió del baño, ya flotaba en el aire un agradable olorcillo a caldo, *pesto* y *polpetti* que venía de la cocina, pero ¿y los *conchiglie*? No le llegaba el olor de la pasta fresca al hervir. Se asomó a la puerta de la cocina y se apoyó en el marco al ver una bolsita de *conchiglie* ya hechos de Casa Bruno en el mostrador, al lado del fuego.

—¡Serás rajado...! ¿Qué pasa, que ya sabes que te voy a ganar y por eso no quieres ni probar a hacerlos?

—Me temo que no es eso, hermanita, todo lo contrario. He hablado con la tía María para avisarle de que mañana llegaríamos sobre la hora de comer, y al comentarle nuestra pequeña apuesta me dijo que no se la quería perder, así que de momento queda pospuesta, simplemente. ¿Quién mejor que ella y la *nonna*[25] Tina para juzgar quién los hace mejor? ¿Eh, señorita?

—Vale, vale, acepto... pero que conste que la *nonna* Agnese se debe estar revolviendo en la tumba solo de pensar que vas a usar pasta comprada.

—Bueno, vale, lo admito, pero así no se nos hace tan tarde y además es de Casa Bruno. Ella lo entenderá.

—Hermanito, esto huele que alimenta y la verdad es que estoy

25 (It) Abuela.

canina. Hace tiempo que no recordaba tener tanta hambre —comentó ella mientras ponía los platos y se acababa de hervir la pasta, porque era cierto que la pasta no era casera, pero el comensal era el que debía esperar a la pasta y nunca al revés, que si no se pasaba, y no había cosa más asquerosa que la pasta pasada de cocción.

Ambos se sentaron y acompañaron la cena de una buena botella de **chianti** mientras se ponían al día de chismes diversos y se contaban anécdotas de aquellas que siempre les hacían felices. Carlo procuró que el vaso de su hermana estuviera siempre lleno. No la emborrachó, pero sí consiguió que estuviera un pelín achispadita, y así, cuando se durmió, lo hizo profundamente y de un tirón, de tal forma que a la mañana siguiente amaneció fresca y descansada.

Lo hizo tarde, mucho más tarde que de costumbre, algo que le permitió a Carlo preparar las maletas, tanto las de ella como las del niño, sin que estuviera presente y así ahorrarle algún que otro mal rato.

—Hola, bella durmiente. ¿Qué? ¿Desayunas, te vistes y nos vamos?

Carlo estaba sentado a la mesa de la cocina leyendo el periódico cuando ella apareció, ataviada con una sudadera de Luigi y sus calcetines de esquiar. Se encontraba tan bien que no tenía ganas de discutir, así que se sentó a la mesa y aceptó el café con tostadas que su hermano acaba de levantarse a coger para ella. Ese café espeso y fragante que tanto le gustaba, de esos que dejaban surco en la taza y que, por cierto, despertaban a un muerto.

Eli se lo acabó todo y, obediente, se fue a vestir. Se puso ropa calentita porque los rigores del invierno allí en Milán se hacían notar. Cuando terminó fue en busca de Carlo, quien ya había sacado el coche del garaje, había avisado a la vecina de que se iban, le había dejado una copia de las llaves y estaba asegurándose de que todo estuviera bien cerrado.

—¿Lista? Venga pues; vamos a por Bea y los peques. Llámala y avísala de que salimos ya.

Recogieron a su hermana, a sus sobrinos y a Gigi y pusieron rumbo a casa.

Ni qué decir acerca de cómo fue el encuentro de Eli y su hijo, pero sus hermanos se encargaron de que no se desmoronara. Bea cogió al pequeño, lo montó en el coche y lo sentó en la sillita a la par que ordenaba a sus hijos que se pusieran los cinturones. Carlo le pidió a Eli que lo ayudara con las maletas y, así, al poco volvían a estar en marcha.

Distraídos por los niños y sus cosas, el viaje se hizo corto y llegaron a mesa puesta, así que no tuvieron tiempo ni de descargar las maletas. Cualquiera hacía esperar a la tía María, con lo que ella era para la hora de las comidas. Carlo se lo había montado de vicio. De esa manera no daba tiempo a explayarse en encuentros emocionados y desbordantes. Tras la comida, los pequeños fueron a hacer la siesta, las chicas se quedaron a recoger la cocina y Carlo, a sacar las maletas del coche. Hacia media tarde llegaron sus padres de Mantua y por la noche se les unieron el tío Guido, Giacomo, el marido de Bea y la *nonna* Tina que había pasado la tarde en la peluquería.

Eli no estuvo sola ni un segundo y cuando llegó la hora de acostarse estaba tan cansada que a pesar de hacerlo sola por primera vez en esa cama donde ella y Luigi habían sido tan felices, se durmió. Llorando, pero se durmió.

A la mañana siguiente algo la despertó.

—*Ah, mamma... sei tu*[26].

—Cariño, tengo una cosa para ti. Te va a hacer falta.

Elisa se apartó un poco para que su hija pudiera incorporarse y abrir el paquete que le había traído. Soltó el adhesivo que había a los lados y fue a sacar lo que había dentro. Ni siquiera lo vio, lo reconoció por el tacto. Las lágrimas empezaron a rodar por las mejillas de ambas. No hacían falta palabras. Se abrazaron. Estuvieron abrazadas hasta que a las dos se les secaron las lágrimas. Elisa besó a su hija y le dijo que se vistiera, que la esperaban abajo para desayunar y que se diera prisa, porque si no los pequeños acabarían con todos los *cruasanes*[27] de avellanas que tanto le gustaban a ella.

Eli se presentó en la cocina ataviada con gruesos *leggings* y calcetines de esquiar y, por supuesto, con la camisa de leñador de Luigi. Había llegado la Navidad. No sería, ni volvería a serlo jamás, tan feliz como antes, pero era Navidad.

26 (It) Ah, mamá... eres tú.

27 (Fr) Cruasán.

Glosario

Cappuccino: Bebida italiana preparada a base de café y leche
monta con vapor en ocasiones se espolvorea con cacao o canela.

Pesto (Pesto Genovese): Salsa verde a base de albahaca, par-
mesano o *pecorino* y aceite de oliva machacados.

Rudolph: Es el reno más especial de los nueve que tiene Papá
Noel, su nariz es roja e ilumina el camino. Ver página 141.

Conchiglie: Tipo de pasta italiana en forma de concha.

Chianti: Vino italiano tinto, de los más populares.

ANDREA ACOSTA

{Cuento vinculado con la novela *MONSTER NUEVA EDICIÓN*}

Navidad en la Gran Manzana, en la ciudad que nunca duerme, que era tal y como mostraban las películas *hollywoodienses*, llena de luz, color y Santas en cada esquina agitando las tintineantes campanitas doradas...

Alexis apenas podía creer que aquel mismo año hubiera llevado a sus sobrinas putativas a disfrutar de la impresionante **cabalgata de Macy's**. «Te estás volviendo un jodido blandengue». Sin embargo, Alexis Marshall y la Navidad habían dejado de hacer migas hacía años y él... él desde luego no quería volver a saber nada de adornos, regalos y abetos, o por lo menos nada que fuera con él directamente. Comprarle regalos a las niñas y hasta al «capullo» de McNamara y al «coñito suculento» de su mujer no contaba, no contaba en absoluto.

Hacía frío fuera del apartamento. Bien, apartamento no sería la palabra idónea para referirse a la vivienda construida en un antiguo matadero en el **Meatpacking District**. En su día, a Alexis la propiedad le había salido a precio de risa; en cambio ahora, y al haberse revalorizado la zona, poseía una auténtica mina de oro, aunque no se planteaba venderla. Se sentía realmente a gusto ahí, entre las paredes de ladrillo rojo combinadas con el oscuro mobiliario que vestía los interiores. Y a pesar de haberse trasladado a Fe para ejercer de ayudante del *sheriff*, Alexis se movía a la ciudad cada dos por tres, pues, como él decía, siempre tenía cosas que hacer... Sí, sería mucho más inteligente y más barato quedarse en Nueva York. A fin de cuentas, él sí que no había dejado la **CIA** —«O no del todo..»—, y era consciente de que trabajo en Nueva York nunca le faltaría. Pero la idea de separarse de las niñas y hasta del matrimonio McNamara no le resultaba concebible en aquellos momentos, y quizás todo fuera culpa de haber entrado en los treinta o del cansancio acumulado de soledad que había arrastrado durante años.

La llamada corrió por el cableado telefónico e hizo sonar el manos libres sobre la mesita al lado del largo y robusto sofá de cuero. Al no descolgar nadie, la lucecita roja dio entrada al contestador y la voz se filtró por los altavoces:

—Querido mío, un año más te llamo para felicitarte la Navidad... —comenzó a decir la enigmática voz de mujer con un ligero, muy ligero acento asiático.

Alexis iba por la cuarta *cranberry* **Margarita** de la tarde, con el aroma del *christopsomo* recién hecho preñando el aire. El pan reposaba sobre una rejilla, representando la sangre helénica que corría por sus venas. «Las malas costumbres nunca se pierden, ¿eh?». Sorbió del cóctel, apoyando sus labios en el delicado borde de la copa mientras miraba por los amplios ventanales de la cocina totalmente diáfana al igual que el resto de la casa: las mínimas paredes, un par de vigas que había dejado a modo decorativo, y solo puertas en los dos cuartos de baño. Al oír la voz que jamás esperaba volver a escuchar corrió hacia el teléfono. La copa y el rojizo contenido de la misma estallaron entre sus embotados pies.

—No te estoy llamando desde el más allá o como tú quieras llamarlo —rio la voz para quedar un par de segundos en silencio—. Esto es un mensaje que dejé preparado poco antes de irme, Ryū[28].

Se detuvo, las suelas de sus fuertes botas echaron raíces en el suelo. La voz de la señora **Gushiken** junto al nombre que ella utilizaba para dirigirse a él le tomaron el corazón en un puño, un puño helado que lo apretó.

—Y aunque sé que lo que voy a decirte va a causarte risa y al mismo tiempo un poco de enfado, te informo de que, año tras año, hasta que cumplas los cincuenta y cinco, un regalo navideño de mi parte llamará a tu puerta —explicó con aquel tono pausado tan

---

28 (Jap) Dragón.

propio de los japoneses —. Si algún día dejas de quererlo, no abras la puerta y él se esfumara solo. Por algo dicen que la Navidad es cosa de magia, ¿no?

Alexis suspiró, metiendo las manos en los bolsillos de su pantalón a conjunto con el oscuro mobiliario.

—Condenada... —trastabilló al oír la mención de los regalos y sobre todo la edad, pues **Sakura**[29] Gushiken había dejado este mundo dos horas antes de cumplir los cincuenta y cinco, hacía ya ocho meses, en plena celebración del **Hanami**, como si la muerte quisiera hacer honor al nombre de la mujer.

—Recuerda siempre, querido Ryū, que los que se aferran a la vida mueren, los que desafían a la muerte sobreviven[30] —dijo con el sonido reverberante de sus manos agarrando el teléfono—. Y ahora, ¿vas a abrir la puerta? —preguntó Sakura cuando dio por finalizado el mensaje. Su voz quedó atrapada en el contestador como un pedacito de su esencia y tres golpes sonaron en la puerta de acceso a casa de Alexis.

Él miró la parpadeante luz roja en el teléfono... y ladeó la rapada cabeza hacia el pasillo que conducía a la entrada del piso superior. Fijó hacia allí su mirada y apretó las manos a los lados del cuerpo. Sus puños crujieron bajo la presión y caminó directo al encuentro de su regalo.

La capa la ocultaba de pies a cabeza; ni un atisbo de piel entre toda aquella seda negra y tampoco una palabra...

—Y tú eres mi regalo —asintió Alexis, colgándose de la puerta tras abrirla. Para acceder a la vivienda había que subir por las escaleras metálicas situadas a un lateral del edificio, ya que la planta a pie de calle estaba reservada puramente para cuestiones de trabajo.

La cabeza se movió en un asentimiento bajo la cascada de seda...

Alexis alargó la mano izquierda, enganchó la capucha entre los dedos y la jaló con fuerza hacia atrás descubriendo la cara de su presente navideño.

—Mucho mejor —dijo mientras acercaba la mano al femenino mentón y presionaba con los dedos hacia arriba hasta encontrarse con el par de ojos azules.

A la intemperie, bajo el cielo estrellado y rozando la media noche, allí se encontraba ella esperando oír si Alexis la consideraba

---

29 (Jap) Cerezo.

30 Proverbio de origen samurái.

un buen regalo o no. Trisha tragó saliva y le miró, y en los ojos de él percibió... frío, un frío gélido y doloroso. Adelantó las manos de ese modo, entreabriendo la capa, pues sus costados iban unidos por un largo y sedoso lazo rojo.

La estudió, unas facciones más que bonitas, largas y oscuras pestañas sobre las orbes azuladas contrastando con el color mulato de la piel y... curvas. Esas Alexis no podía verlas, pero las intuía, unas turbulentas curvas bajo la capa. La señora Gushiken siempre había tenido un apetito muy variado y exótico. Él desvió la mirada hacia las manos unidas que le eran tendidas y después escaleras abajo, a la calle, donde el Bentley esperaba en marcha por si él rechazaba el regalo.

Trisha apenas pudo contener el gemido cuando Alexis la entró en el recibidor. La puerta se cerró y el calor de la casa la envolvió, pero ahí seguían aquellos ojos helados mirándola y, por tanto, congelándola.

Alexis se inclinó y entrelazó las manos tras su espalda.

—Hueles bien —susurró, mirando con su añil el de ella e inspiró con fuerza, inhalando todo el aroma que Trisha desprendía—. Comestible —añadió, sonriéndole.

La capucha ya no la cubría y tampoco era roja, no obstante Trisha se sentía como Caperucita ante el Lobo Feroz.

—Gracias... Señor —masculló tras lo que ella entendió por un cumplido.

—No hay de qué, cariño —respondió Alexis, desligando sus manos y acercándolas a las de ella. Entonces movió los dedos en una invitación—. Voy a soltar este precioso lazo rojo... —ronroneó a la vez que estiraba los extremos de la seda. La sonrisa despuntó en las comisuras de sus labios hasta mostrar la blanca dentadura.

Trisha lo miró al tiempo que Alexis soltaba el lazo para dejarlo caer al suelo y acariciarle las muñecas con la grandeza de sus manos. La frialdad en los ojos de él quizás era cosa de su imaginación, pues hasta el momento aquel dios propio del Olimpo estaba siendo dulce con ella.

Alexis besó las palmas de las manos de ella, los nudillos y el pulso en las muñecas.

—Como eres mi regalo de Navidad, ¿sabes a *peppermint*? —Y no tardó en dar respuesta a su propia pregunta. La besó y los regordetes labios de ella se fusionaron con los suyos.

Gimió con la lengua de Alexis paladeando su boca, barriendo sus dientes y succionando con suavidad su lengua. Trisha cerró los ojos y venció su cuerpo contra el de él, bien duro: los fuertes pectorales, las estrechas caderas, y pensó que Narciso debía haber dejado de estar enamorado de sí mismo para pasar a estarlo de Alexis.

La saboreó, la degustó hasta la campanilla. Activó sus manos acariciándole el rostro, jugando con los rizos azabache de su cabello.

—Me sabes a **chocolate fudge** —murmuró Alexis sobre los labios de ella.

Trisha exhaló, seducida por él y por su perfume, *Le Male Terrible*[31] y al volver a besarla, ella se preguntó: «¿Por qué una fragancia tan poco apropiada para él?». Alexis no la estaba tratando como los sádicos olvidados por Cristo a los que la enviaban. «Puede... Puede que él no sea un sádico, tal vez él sea el príncipe entre todos los sapos».

Alexis vagó de la boca de ella a su cuello, lo besó y giró a su alrededor sin despegar sus labios de la mulata piel. Se situó tras su espalda y pasó su brazo derecho por el cuello de esta, rodeándolo, y la mano izquierda subió a la cabeza. Apretó.

Trisha abrió los ojos y emitió un gritito, percatándose de que él la estaba ahorcando, agitó los pies en el suelo, sus tacones resonaron y el látex que lamía su cuerpo y la capa sobre sus hombros protestaron a causa de sus histéricos movimientos. Una vez más, Trisha había errado en sus conclusiones: Alexis no era el príncipe entre todos los sapos, era el rey de todos ellos.

Las uñas de la mujer se hincaron en su piel mientras sus pies se agitaban convulsos en el aire. Alexis sonrió por la lucha de ella, lucha que no servía de nada pues él estaba cortando el flujo sanguíneo a sus arterias; de ese modo la sangre no llegaría al cerebro y Trisha quedaría *K.O.* en tres... dos...

Se estaba ahogando, ¡lo estaba haciendo de verdad! Peleó con todas sus fuerzas, sus uñas perforaron la piel de él, extrayendo el preciado plasma. Trisha boqueó con la vista nublándose, tornándose completamente negra...

—Uno... —masculló Alexis con ella inerte contra su cuerpo. La **llave del sueño** siempre funcionaba, aunque en este caso él había escogido la aparatosa, pues el simple toque en el cuello no lo divertía de igual forma y además solo la dejaría fuera de juego durante unos breves segundos. La aupó entre sus brazos y caminó con ella hasta el ascensor en una nube de seda negra. Si la llave del sueño de por sí ya era peligrosa, exponer a la persona demasiado tiempo a la falta

---

31 (Fr) El macho terrible. Ver glosario.

de circulación podía ocasionar desde una isquemia hasta la muerte cerebral y eso no entraba en el juego, por lo tanto mientras el ascensor bajaba al piso inferior Alexis volvía a dar paso al flujo sanguíneo por la carótida de ella. La puerta se abrió y él empujó con el pie la malla metálica. Entonces avanzó hasta dejar a Trisha tumbada en el piso.

Ella parpadeó atontada; se sentía como si hubiera bebido un litro de ginebra. Unos dedos bailoteaban sobre su carótida, masajeándola. Las luces de los fluorescentes la cegaron y no vio nada, pero sí sintió la frialdad del suelo.

—Abre la boca —ordenó Alexis al tiempo que se acuclillaba junto a ella.

Trisha pestañeó, centrando la vista en el techo, las vigas, los fluorescentes y... aquellos helados ojos azules. Entrecerró los parpados, tratando de aclarar su enturbiada mente.

—Abre la puta boca —demandó él, prendiéndola por la mandíbula y clavándole los pulgares en los mofletes—. Eso es, inhala y luego exhala hasta que sientas que la respiración se normaliza. —Alexis asintió al reaccionar Trisha tanto a sus palabras como a la fuerza que ejercía su mano—. Todavía vas a sentirte aturdida durante unos minutos, pero no te preocupes, pasará.

Ella tembló en una cama compuesta por los rizos de su pelo y el vuelo sedoso de la capa. Las medias negras de látex chascaron al mover las piernas.

Alexis se irguió, sacando del bolsillo trasero de su pantalón la cajetilla de tabaco. Con el **zippo** que iba dentro encendió un cigarrillo entre sus labios. Aspiró el grueso humo y sacó una pequeña porción del mismo por sus fosas nasales.

—Tranquila, bomboncito, no voy a hacerte nada aún, no hasta que tu jodido cerebro pueda apreciarlo con claridad —chistó, colocando la suela de su KnightsBridge en una de las femeninas mejillas—. Puesto que estamos en Pascuas, tu palabra de seguridad será... —Él movió la suela sobre la mejilla de Trisha y sonrió—. Abeto, ¿estás de acuerdo?

—Sí, Señor —exhaló ella bajo la fuerza de la bota. Entrecerró los ojos al retirarse esta de su cara. El sonido de las suelas golpeando el suelo conforme Alexis avanzaba por él y se alejaba la dejó aún aturdida en el piso. Trisha levantó las manos a su semblante y tocó el rubor en los pómulos...

El suelo era de asfalto, lamerlo sería como saborear la **66**. Las luces del ascensor roían la malla metálica y flirteaban con el blanco cegador de los fluorescentes del techo, que a su vez iluminaban las paredes de ladrillo, que impedían la visión de lo que podía haber más allá.

Trisha se esforzó por aclarar la vista, por exorcizar las sombras que la falta de riego había traído consigo y descubrió un gancho metálico y puntiagudo danzando, colgado del techo. La sangre volvía a fluir con normalidad, teniéndola embriagada, borracha por el colocón sanguíneo. ¡Ah!, y Alexis también volvía a su encuentro. Ella inclinó la cabeza a un lado y lo vio llegar...

Los crisantemos florecían en los pectorales del Dom[32], un **pez Koi** nadaba entre el definido vientre y agitaba la cola entre los musculados pliegues. Alexis descansó las manos enfundadas en guantes de látex negros en sus caderas, aunque en la mano zurda cargaba con una madeja de **cuerda de cáñamo**. Los pantalones ajustados se ahogaban bajo la altura y estrechez de las botas afianzadas a la altura de sus rodillas.

—Lo cierto es que siempre quise una muñeca por Navidad —le dijo entre la nube de humo que salía de sus fosas nasales. De no ser por el cigarrillo que pendía de sus labios, él sería digno de ser esculpido por el mismísimo **Lísipo**.

Trisha se percató de que Alexis debió haber estado algo más de dos minutos alejado de su campo de visión, pues ya no vestía la camiseta, llevaba guantes y una madeja de cuerda. Remolinos de humo grisáceo serpenteaban desde su boca hasta la rasurada cabeza y danzaban tras la masculina nuca. Ella movió las piernas e hincó los tacones en el suelo; sin embargo, sus rodillas flaqueaban y las pantorrillas le temblaban.

Alexis se detuvo a pocos centímetros de Trisha en el suelo, alargó la mano libre y tiró de la cuerda metálica de la que pendía el gancho para colgar carne de res, antiguo gancho que él había restaurado.

—Una muñeca tipo Barbie Malibú —masculló, dando una larga calada al cigarrillo. Se acuclilló ante ella y la ladeó sobre el suelo, le ató con las manos por encima de la cabeza, apretó el nudo con fuerza, con mucha fuerza, de modo que marcara la piel aunque no llegara a rasgarla. «Por el momento». Alexis con el cigarro ahorcándose entre los labios le espetó—: Arriba. —La ayudó a ponerse en pie, y al tiempo que la sostenía con su cuerpo, estiró el brazo cogiendo el gancho metálico y suspendiendo de él las cautivas manos de la

<hr>

32 Diminutivo de dominante.

mujer. Alexis cruzó el brazo derecho sobre el antebrazo izquierdo y retiró el cigarro de su boca, mirándola—. La cuestión es ¿la muñeca quiere jugar conmigo?

Trisha gimió por el dolor en las articulaciones y la protesta de sus hombros. Lo miró, moviendo los deditos; las puntas de sus altos zapatos rozaban el suelo, pero no tenía apoyo en él. La capa jalaba hacia abajo su cuello, y el peso del traje oprimía sus pechos y marcaba sus caderas. En ese momento, su cuerpo era un perfecto catalizador del dolor.

—Tienes razón... —asintió Alexis, sonriendo. Apenas le quedaban dos caladas al cigarro cuando lo dejó caer y lo aplastó bajo el peso de su bota. Levantó ligeramente la cabeza, su nariz a la altura de la boca de ella al estar Trisha en suspensión—. Una jodida muñeca, no habla, no piensa, no decide con quién quiere jugar o con quién no. Es solo eso. —La asió por la mandíbula, acercó sus labios al tembloroso mentón, y lo besó para decir—: ... Una muñeca.

Trisha jadeó por el beso que marcó su piel y luego giró, giró al rodearla Alexis con los brazos por las caderas, darle impulso y soltarla para que ella rotara, pendiendo de la cuerda afianzada al gancho. Giró y giró con el mundo corriendo ante sus ojos, con el sonido del metal y el crujir del cáñamo ejerciendo de banda.

Mientras ella daba vueltas, Alexis fue hacia la derecha, al otro lado de la pared de ladrillos. La parte inferior de la vivienda estaba dividida en varias secciones, cada una con un fin. En la que ahora se encontraba, el suelo estaba cubierto por un **tatami**; la luz allí era cálida, no estéril y blancuzca como la de los fluorescentes. Se veían paneles decorados con dibujos de **máscaras Hannya**, que separaban las estanterías repletas de material para *shibari*, cuerdas, varas de bambú, ganchos metálicos, poleas y también varias **katanas** durmiendo plácidamente en sus respectivas fundas. Alexis abrió un cajón hecho de rica madera y sacó de él un *cutter*.

Mareada, aturdida, y por alguna extraña razón excitada por las vueltas, por pender por una cuerda y girar en el aire como una flor mecida por el viento. Trisha dejó de voltear y fue parando para balancearse con suavidad.

Antes de volver con ella, Alexis salió de la estancia y siguió recto hacia la izquierda, se metió en otra habitación de la que se trajo algo, algo «chispeante» que metió en el bolsillo trasero de su pantalón.

Trisha abrió los ojos al escuchar el retumbar de las botas de él en la oscuridad, y lo primero que vio fue el guiño metálico de la hoja del cutter.

—Por favor, Señor... —masculló, sabiendo que la ropa iba a morir bajo el filo.

—¿Por favor, Señor, qué? —roncó él, cortando el cordel anudado al cuello de Trisha. El brillo del acero y el color mulato de la piel de ella a Alexis le parecieron una hermosa combinación—. Llevas la capa, no saldrás desnuda —explicó a la vez que caía la seda.

Trisha dentelló su labio inferior y retuvo las lágrimas; el miedo que sentía retozaba con la excitación. El vestido de látex negro estaba anexado a su cuerpo como una segunda piel y guardaba la plenitud de sus pechos en un apretón gomoso que seguía hasta las caderas, donde una muy amplia falda enmascaraba el largo de sus piernas.

Alexis seccionó el escote y los pechos botaron fuera, grandes pechos de pezones enjoyados. Los *piercings* plateados a modo de bolas embellecían los rugosos salientes. Él no era fan de las prótesis mamarias, aunque en este caso debía admitir que el cirujano había hecho un buen trabajo. Tumbó el *cutter* para acariciar con el dorso de la hoja el valle entre los orondos senos.

Casi era como jugar a la ruleta rusa: en vez de una bala en la recámara, un corte certero y la sangre saldría a borbotones al igual de rápido que ascendía su excitación. Trisha tragó saliva ruidosamente cuando siguió el camino de la hoja afilada, que cortaba ahora la porción de látex que escondía el fino cachito de carne anterior al hundimiento de su ombligo.

Cortar, sajar hasta los últimos centímetros de la parte superior del vestido. Alexis se llevó el *cutter* a la boca y sus dientes lo sujetaron por el mango. Jaló del látex, arrastrando hacia atrás las mangas y dejando el torso de la ella al descubierto.

—¿Algo más que cortar? —le preguntó, vocalizando a duras penas con el *cutter* en la boca.

Trisha respondió con el silencio. Justo en la línea bajo el ombligo y sobre el cierre de la falda, asomaba la malla de un pantalón de caucho. Ella sabía que Alexis se estaba preguntando si era posible que no fuera un pantalón, sino el nacimiento de las medias, pero no, no lo era.

Alexis metió la mano bajo el vuelo de la falda para colarla en la junta y poder cortar desde ahí. Sin embargo, detuvo la mano a medio camino y presionó el dorso contra la dureza al tiempo que batallaba con el látex de los pantalones a medio muslo. Él se quitó el *cutter* de la boca y rio, alzando la rapada cabeza para mirarla.

—La muñeca viene con extras.

Él no entendía de valores morales, solo en términos de placer, así que poco le importaba si quien se lo otorgaba era mujer, hombre o un sexo intermedio.

La cuchilla seccionó la junta de su falda y esta cayó al suelo resonando con fuerza; el pantalón y las medias eran lo único que la salvaba de la desnudez más absoluta.

Alexis dio dos pasos hacia atrás, Trisha colgaba del gancho con el cabello tras la espalda y los orondos pechos de pezones oscuros y carnosos, perforados por las brillantes bolas plateadas. Jugó con el *cutter*, haciéndolo saltar en la mano y girando en el aire para volver a cogerlo sin llegar a cortarse con la afilada cuchilla, mera cuestión de práctica.

Ella osciló en el aire sin poder evitar mirarlo: los músculos definidos, libres de vello, ni siquiera en los antebrazos, la piel nívea salvo por los ríos de tinta. Trisha gimió con su excitación concentrada y firme entre sus muslos, latiendo bajo la película de látex.

—Vaya, vaya y parece que los extras son... —empezó a decir Alexis, centrando la azulada mirada en el más que evidente bulto que batallaba en el pantalón; incluso él percibía el calor que irradiaba de la cautiva verga—... Muy extras —rio, recuperando la distancia de los dos pasos y pinzando con los dedos la pretina gomosa del pantalón. Con mucho cuidado, casi con la precisión de un cirujano fue cortando el pantalón hasta que, al desgarrarse la goma, la bulbosa cabeza de la verga asomó, saludando la hoja. Él guardó la cuchilla dentro de la funda de plástico y lanzó hacia atrás el *cutter*, enganchó los extremos del pantalón y tiró hacia abajo con fuerza, sacando por las piernas la molesta prenda, a la vez que dejaba a Trisha con las medias y los Christian Louboutin.

La suela roja de sus zapatos tenía el mismo color que su prepucio. Trisha gimió con las primeras gotas de líquido *preseminal* corriendo fuera de su uretra y lubricando la abultada cabeza. Las venas latían inflamadas alrededor de su miembro y el aro engarzado en su escroto se movía al compás de sus testículos.

Alexis se acuclilló y el cuero de sus botas protestó. Con las manos libres subió por los muslos acariciando la piel hasta las ingles, arrimó la mano derecha a un lado de la cadera y sobre el hueso y el calor de la izquierda estrechó la dureza de la erección.

—No te diré que envidio tu polla, pero... —gruñó, apretando, obligando a la piel a descubrir el capullo. Un chorro de líquido preseminal saltó de él cual *kamikaze* —... Casi... —añadió al tiempo que subía por el tallo, aunque no del todo. Alexis abrió la boca y sacó la lengua; el palo que unía la bola azulada de su *piercing* con la que tenía bajo la lengua se estiró para que él pudiera friccionar la esfera sobre la uretra.

Trisha apretó el vientre y ahogó la respiración en sus pulmones, la presión en la fina raja aumentó y aumentó; la bola pujaba en su uretra como queriendo entrar en ella. La cuerda se le estaba hincando en las muñecas, sentía la sangre brotar de las pequeñas heridas y escocer por el material de la soga.

Él relajó la lengua y el palo recobró su posición. Alexis miró hacia arriba, hacia aquellas preciosas facciones que brillaban por una tierna transpiración y entonces rodeó con los labios el glande y lo succionó. Las mejillas ahuecándose, la cabeza bajando, la boca tragando.

Los ojos dieron la vuelta en las cuencas cuando la boca de Alexis la tomaba... ¡y que se llevara también su alma! Trisha encogió las nalgas, queriendo anular el latigazo en su verga, pero la boca de él era tan caliente y sus ruidos de succión tan rudos, que Trisha oró para no derramarse en esos mismos instantes en lo profundo de su garganta.

Alexis se lamió los labios y se enderezó, echando el brazo izquierdo tras su espalda para coger de uno de los bolsillos traseros de su pantalón la **neon wand**. «¡Chispeante!». La sujetó en la diestra y con la zurda volvió a apoderarse de la erección embadurnada de su misma saliva. La acarició de arriba abajo.

—¿Ese lloriqueo es porque no he seguido mamándotela? —Y el gemido posterior a su pregunta le dio la respuesta—. Vamos, muñeca, acabo de empezar a jugar contigo... —rio gutural a la vez que despegaba los dedos de la gruesa vara de carne. Alexis acercó la varita al saco testicular y lo acarició con la punta hasta apoyarla en el aro, apretó el interruptor y la *neon wand* emitió la descarga eléctrica.

Trisha gritó y lo hizo con tanta fuerza que su cuerpo se agitó, golpeado por el susto, a pesar de que el grito surgió de sus propias cuerdas vocales. La electricidad corrió por el acero y ondeó en sus testículos, batiéndolos dentro del saco.

—Solo ha sido una pequeña, pequeñísima descarga, cariño —murmuró él al dejar de apretar el botón. Arrastró el cabezal de la varita a lo largo del pene, subió al vientre y una nueva sacudida; la corriente emergía de la *neon wand* y descerrajó otra onda eléctrica. Trisha gritó de nuevo, Alexis irguió la mano con la varita y sin compasión mordió un bamboleante globo y luego el otro; los grandes senos enrojecieron en su fondo oscuro.

Ella chilló en un tsunami de lágrimas, sus piececitos calzados en el par de lujosos zapatos de suela roja se agitaban en el aire a cada golpe eléctrico.

—Mírame —conminó Alexis, pero ella no lo hizo. Él alzó el brazo libre y prendió una buena porción de cabello, aplastó los rizos en su palma y dentelleó—: Te he dicho que me mires, zorra.

Trisha abrió mucho los ojos y luchó para no parpadear al tiempo que lo observaba fijamente. Pensó que la helada mirada de Alexis subyugaría al mismísimo **Leónidas I** a los pies de **Jerjes** y no daría lugar a la épica batalla en defensa de las **Termópilas**.

—Si te doy una orden, la cumples —instruyó Alexis a la vez que aflojaba el agarre en el pelo de ella—. ¿Lo has entendido? —inquirió, encañonando con la varita una de las axilas de Trisha.

—Sí, Señor, sí, Señor, sí, Señor —barboteó ella de carrerilla con los ojos tan abiertos que parecían los de un pez globo.

—Abre la boca y saca la lengua —mandó Alexis a la vez que jalaba una vez más la cabellera de Trisha y disparaba una electrificada descarga en la sensible axila—. ¿Quieres otra? —interpeló, sabiendo lo dolorosa que era una descarga en aquella zona—. ¿No? —inquirió con el fuerte sollozo de ella ensordeciéndolo durante unos segundos—. Pues entonces abre la boca y saca la puta lengua.

—Por favor, Señor... —imploró Trisha, que bebió parte del caudal de sus propias lágrimas con la corriente titilando en sus neuronas—. Por favor, por favor... —suplicó, entreabriendo los labios, la rosada lengua asomando.

—Que saques la puta lengua de una jodida vez —exigió Alexis, perdiendo la poca paciencia que tenía. Liberó el pelo de ella y al sacar Trisha la sinhueso, él tiró de la misma, provocando una arcada en Trisha. Alexis soltó la lengua y chasqueó la *neon wand* sobre esta.

Tan pronto como la electricidad zarandeó su lengua, el grito murió en sus cuerdas vocales. De sus labios adormecidos se descolgaron puentes de saliva y su cabeza cayó hacia delante con una cortina de tirabuzones azabache enmascarando su cara.

—¿De verdad crees que tienes que montar semejante escándalo? —cuestionó Alexis a modo de guasa. Los sollozos de ella, su esbelto cuerpo balanceándose por la sujeción de la cuerda al gancho... —. Tranquila, cariño —susurró, alzándole la testa—, y mira... —apuntó, mandando al suelo la varita.

Trisha, que había estado al borde de gritar «abeto», hipó ante el gesto de él, al tiempo que agradecía que la *neon wand* se mantuviera alejada de su cuerpo. Suspiró con el calor de la masculina boca venciéndose en la suya para besarla.

Alexis tuvo que ponerse de puntillas, pues aunque era un hombre muy alto, al estar suspendida Trisha él no llegaba de manera cómoda para poder besarla.

—¿Más tranquila, muñequita? —le preguntó, esperando esta vez sí respuesta y bajando las suelas al suelo. Su mano derecha acarició la empapada cara de ella y la zurda tomó la erección que había menguado considerablemente.

—Sí, Señor —suspiró Trisha con las caricias que surgían efecto, y con el ardor que tomaba sus testículos e inflamaba su verga hasta mantenerla dura y anhelante. Gimió con el traqueteo de la piel saltando sobre su glande y bajando hasta el tope. Entornó los azulados ojos cuando le miró y se dio cuenta de que Alexis era como los depredadores de National Geographic, igualito que el gran blanco que mordía y soltaba, tan solo probaba si realmente eras una buena presa, y en tal caso acababa contigo. Pero de no gustarle tu sabor, te dejaba desangrándote, pues una dentellada suponía una herida tan profunda y tan grave que al final lo único que podía salvarte era la propia muerte... Y Trisha ahora mismo no quería a la de la guadaña, solo quería seguir vaciándose, hasta la última gota.

—Bien... —murmuró Alexis, aumentando el ritmo de la masturbación y miró su mano, subiendo y bajando por el grueso tallo. Lo apretó arrancando un hondo ronquido del fondo de la garganta de Trisha—. ¿Sientes cómo la leche te hierve en las pelotas? Sí, caliente y blanca. —Detuvo la mano justo en el glande y movió la palma para acogerlo, rotó los dedos abarcando toda la anchura y oprimió espasmódicamente—. Sí... y ahora la lefa sube por tu polla... —afirmó, con la palma resbaladiza a causa de los fluidos *preeyaculatorios*. Deslizó la mano hacia el tramo entre escroto y pene y frotó, masturbándola con rapidez.

Trisha paladeaba el placer aderezado con el dolor de la apresurada fricción, las palabras trompicaban contra sus dientes. Resolló, jadeó y bufó, con la semilla trepando eufórica por su tallo. Con los ojos sepultados bajo los parpados, tartamudeó sin sentido.

—Quieres correrte —dijo Alexis, interpretando los balbuceos de Trisha. Los azulados ojos de ella toparon con los suyos y él asintió—. Puedes hacerlo, pero que sea por mí —sentenció, con las contracciones de la verga en su mano anunciándole el tiroteo lechoso—. Córrete por mí, para mí.

El semen brotó a grandes y largos chorros que impactaron en el oscuro suelo, algo que contrastaba así con la blancura de la semilla. Trisha boqueó porque le faltaba oxígeno en los pulmones y el aroma salino del esperma, junto al de **Coco Mademoiselle**, enarbolaron la estancia. Ella pestañeó con la máscara deshecha y aguada sobre sus mejillas y lo miró, respirando entrecortadamente y empañada en sudor. El suelo no era lo único mancillado por la simiente de Trisha, su mano, su vientre y el negro de sus pantalones también habían recibido cañonazos lechosos.

Alexis se colocó a su espalda, alargó el brazo y le susurró:

—Las rodillas. —Y antes de acabar la última palabra había hecho bajar la cuerda de un golpe, por lo que Trisha cayó al suelo.

Sus rótulas impactaron con el pavimento y suerte tuvo de protegerse la cara con parte de los antebrazos y las manos a pesar de tener estas atadas por las muñecas. Trisha gimió tras el golpe, ese «Las rodillas» de Alexis significaba un «Cuidado con ellas». La pobre sabía que debería odiarle, sin embargo deseaba volver a latir duro entre sus muslos por él.

Alexis levantó el pie izquierdo y empujó hacia arriba el relleno trasero. Ladeó la afeitada cabeza, observándola. Trisha estaba arrodillada con los brazos extendidos hacia delante y la frente besando el suelo.

—Separa más la piernas —ordenó, empujando con la punta de la bota el todavía cargado saco escrotal.

Trisha gimoteó al oír cómo los dedos de Alexis desabotonaban su pantalón. Fue a suplicar para que él se diera prisa y ella pudiera sentirle al fin en su recto, pero no lo hizo, temía la represalia que aquello podría suponer.

Alexis también acabó de rodillas y su pantalón, solo abierto por la cremallera; iba de comando[33], así que no necesitaba deshacerse de ropa interior alguna.

—Las transexuales brasileñas son las que mejor fama tienen, pero tú… —rezongó, separando los cachetes para descubrir el pequeño anillo musculoso —… Tú eres la más bonita y follable que he visto —sentenció, esta vez cargando su boca de saliva y escupiéndola en su mano izquierda.

---

33 Ir sin ropa interior.

Los grandes dedos de Alexis hurgaron en la entrada de su ano y pujaron en él...

—Gracias, Señor —jadeó Trisha con las medias de látex adhiriéndose aún más a su piel a causa del sudor.

—¿Te he dado permiso para que hables? —increpó Alexis, dándole un azote que marcó cada una de sus huellas dactilares en la piel de ella—. Cállate —mandó a la par que lubricaba con algo más de saliva su propia verga y, abriendo bien con los pulgares el pequeño recto, acometió en él. Chirrió por la estrechez. «Nadie dijo que aparcar un Rolls Royce en una plaza de Toyota fuera cosa fácil».

La multitud de esferas engarzadas en la verga de Alexis le rasguñaban los musculosos pliegues anales. Trisha se mareó con los *piercings* microdermales cavando hondo en su recto y rozó la inconsciencia al clavarse él por completo en su trasero.

Sus pelotas jugaron a bolos con las de ella. Alexis hincó las uñas en el nacimiento de las pompas y reculó para coger impulso y embestirla.

Las heridas en los cortecitos de sus muñecas sangraron de nuevo, adormeciéndole las manos. Trisha jadeó al tiempo que soportaba la dura cabalgada y su próstata ronroneó, excitada.

—Amo, ¿podré... podré acabar? —plañó con la erección cimbreando entre sus muslos más dura que nunca.

—Amo —dentelló Alexis, instándola a levantar la cabeza para que él pudiera prenderla del nacimiento del cabello. Jaló hacia atrás de su testa—, que seas mía, noche y día. ¿Eso te gustaría? —bufó Alexis con riachuelos de sudor naciendo en sus sienes, sobre su esternón, bajo sus axilas y en la definición de su vientre.

—Sí, por favor —imploró Trisha con el aroma de su propia simiente impregnando el suelo. La sangre de sus muñecas tiñó parcialmente hebras de la cuerda y los huesos de sus rótulas iban a amoratarse. De tener que añadir a la lista el deleitoso dolor en su recto Trisha podía darse por complacientemente torturada.

—¿Hablando sin permiso de nuevo? —objetó, aprovechando la postura para alargar la mano libre y recoger del suelo la varita—. ¡C-Á-L-L-A-T-E! —deletreó, descargando dos fuertes calambrazos en cada una de las nalgas que lo acogían estrechamente en el epicentro. Trisha era moldeable, complaciente y con umbral del dolor bastante elevado. Sí, a Alexis le gustaba más allá de un simple cuerpo que atormentar, mas aunque él quisiera hacerse con ella no podría, pues Trisha pertenecía a los Gushiken—. Muñequita, eres mi juguetito navideño, solo eso —habló con la voz tomada por la contagiosa concupiscencia.

Alexis soltó el amarre en el cabello de Trisha y la *neon wand*. Retrocedió, saliendo de ella con un ruidoso sonido de abandono.

Trisha gritó sin acostumbrarse al mordisco electrificado de la varita y sollozó, los espasmos en su recto al quedarse vacío la hicieron llorar a pleno pulmón. Su próstata se había quedado huérfana.

Alexis se levantó, se colocó ante ella, se bajó los pantalones hasta las rodillas y chasqueó los dedos para hacer que ella levantara la cabeza y lo mirara.

—No, no podrás acabar —dijo, tomándola con la mano por la barbilla—. Te morirás con las ganas de haberte corrido teniendo mi polla clavada en tu culo. —Aflojó la sujeción y le acarició la llorosa cara. Alexis moduló el tono de voz, tornándola ligeramente amorosa a pesar de sus ácidas palabras—. ¿Me oyes? Así te acordarás de mí toda la vida.

Ella, con el rímel disuelto en la sal de sus lágrimas, hipó mirando los azulados y gélidos ojos. Trisha no contestó a la pregunta, pues Alexis no la había formulado para que la respondiera. Por mucha súplica, por mucho ruego que hiciera, Alexis había tomado una decisión y ella sabía que él no iba a cambiar de parecer. Aún a sabiendas de ello, fue sobre sus doloridas rodillas a rogar... Rogar por tenerlo de nuevo embistiéndola como si no hubiera un mañana y después llenarla del rico y espeso esperma que daría paso al suyo propio rociando el piso.

—Deja de lloriquear —espetó Alexis, agarrando las atadas manos de ella. La enderezó, pero no le permitió cambiar de posición. Colocó las manos de uñas pintadas de borgoña sobre su verga y le ordenó—: Ocúpate.

Trisha, cuyas manos hormigueaban por las ataduras, movió los deditos sobre la venosa columna y continuó observándolo y embebiéndose del placentero dolor que incluso la mirada de Alexis le producía. El miembro, grande, grueso y revestido de esferas insertadas bajo la sensible piel se deslizaba mojado y caliente entre sus manos.

—¿No sabes hacerlo mejor? —dentelleó Alexis, calado por el líquido *preseminal* que ella le estaba exprimiendo. La asió por la nuca y se inclinó hacia delante, su boca cerca de la de Trisha—. Muñeca, muñeca —chistó, enrollando parte de la oscura cabellera en la mano—... Espero de verdad que por lo menos sepas tragar. —Los rizos se escurrieron de su palma y él desató las manos de Trisha.

Cuanto más cruel era él, más... más la encendía. Trisha gimió, con la cuerda marchando de su piel, piel roja, sanguinolenta y en algunos sitios amoratada. Obedeció la orden de tomar en su mano su propia erección y empezar a masturbarse.

Alexis acunó la nuca de Trisha en la diestra y con la zurda acuñó la raíz de su verga. Dio dos golpecitos con el glande sobre los sabrosos labios.

—Abre y traga. —Y comenzó a arremeter en la boca de ella, que lo recibió, empantanada de saliva—. Traga más —resolló a punto de chocar con la campanilla; al fin y al cabo, Alexis era de los que creían que una felación sin arcadas no era una felación.

«¡Garganta profunda!».

Chupó y engulló todo lo que pudo y Trisha juraría que hasta un poco más... Respiró por la nariz, cerró los ojos controlando las repetitivas arcadas y tragó el chorro que anunciaba la inminente eyaculación.

Rechinó, retrocediendo para sacar su verga de la boca de Trisha; puentes de baba y de su propio líquido *preseminal* les conectaban.

—¡Puedes acabar! —ladró Alexis, reteniéndose para no derramarse él aún.

Trisha se relamió con húmedos brillos encendiéndole la cara, bombeó la mano sobre su verga, estrujando su largura para extraer hasta la última gota de semilla. Gimoteó con el orgasmo desbocándose en un torrente lácteo.

—Mírame, ¡mírame! —ordenó Alexis, con el semen de Trisha irrigando el suelo a largos, muy largos chorros. Él le sujetó la cara con la mano libre y adelantó sus caderas—. No cierres los ojos, no dejes de mirarme —rugió, con el orgasmo rabiando en sus propios testículos. Rugió como el **León de Nemea**, las suelas de sus botas echando raíces en el suelo. Apuntó la henchida verga al rostro de ella. El esperma manó de su uretra y cayó en cascada en la cara de Trisha, y chorros ardientes y níveos maquillaron su cara y salpicaron los azulados ojos.

Trisha recibió la lluvia blanca y lamió el aire recogiendo algo de la semilla que caía.

Alexis resolló como si acabara de completar un **pentatlón**. Cerró los ojos y tragó saliva con los pectorales tatuados moviéndose ruidosos. Su corte de deidad griega con grabados japoneses adornándole la piel era cuando menos sorprendente y también tabú. Abrió los ojos y con estos encapotados por la efervescencia del orgasmo aún trotando en su sistema, hizo levantar a Trisha.

De pie, desnuda excepto por las medias, los Louboutin y la semilla pintando su cara lo miró... No, no estaba desnuda, estaba vestida de sádico gozo. Las heridas coaguladas en sus muñecas, las pequeñas quemaduras de la *neon wand*. Trisha había sido trajeada con el más exquisito de los atuendos y el diseñador del mismo la besó.

Cató su sabor en la boca de ella y la olió destilando en su piel. Alexis suspiró saciado por el momento del hambre abrasadora que solía consumirlo. Rompió el beso y sonrió mirándola.

—Muñequita —susurró, pasando las manos por el despeinado caudal de rizos —... Súbeme los pantalones.

Sin preocuparse por lavarse la cara en modo alguno, Trisha le subió el pantalón, y por la sonrisa que este le regaló supo que lo había hecho tal cual Alexis lo quería, aunque tampoco había muchas maneras de subir un pantalón. No cerró la prenda, pero sí dejó las manos a los lados de las masculinas caderas.

—Buena chica —apremió Alexis y cerró la mano derecha en un puño atrapando en ella un buen montón de pelo. Tiró de Trisha, jaló de ella con fuerza al tiempo que empezaba la marcha—. Cógela —ordenó sin soltarle el pelo y siguiéndola con su cuerpo para que ella pudiera acuclillarse a por la capa.

Trisha con las puntitas de los dedos levantó la seda y la afianzó bajo uno de sus antebrazos. Trotó en los zapatos con el apresurado paso de Alexis que la condujo por el piso inferior recorriendo diversas salas y a cual más bizarra.

Alexis se detuvo delante de la puerta metálica de acceso a la calle, y la miró al tiempo que la abría.

—Feliz Navidad y próspero Año Nuevo, muñequita —le dijo, quitándole la capa para colgársela por los hombros.

Trisha la sujetó tanto para cubrir su desnudez como para refugiarse del frío de la calle. No obstante, la seda no era un buen abrigo pero la calefacción en el Bentley que la esperaba, sí. Ella lo miró, sabiendo que esta era la primera y la última vez que iba a verlo, ya que ella solo había sido un regalo navideño con el que Alexis había jugado. Se despidió con los lechosos restos de él manchando su cara, su salado sabor emborrachando sus papilas gustativas y su gruesa y dura ausencia latiendo en el centro de sus nalgas.

—Feliz Navidad y próspero año nuevo, Señor.

Glosario

Cabalgata de Marcy's (*Macy's Thaksgiving Day Parade*): Desfile anual en la ciudad de Nueva York, presentado por los grandes almacenes Macy's y la que al final del desfile llega Santa anunciando el inicio de la temporada navideña.

Chocolate fudge: Caramelo de consistencia blanda y a la vez firme.

Christopsomo: Pan tradicional griego de masa dulce que se prepara para Pascua y Año Nuevo.

CIA: Agencia Central de Inteligencia.

Coco Mademoiselle: Perfume de la casa Chanel.

***Cranberry* Margarita:** Cóctel navideño compuesto por zumo de arándanos rojos, zumo de lima, tequila, Cointreau y cubitos de hielo.

Cuerda de cáñamo: Cuerda muy resistente y de tacto áspero y recio.

Gushiken: Famoso apellido samurái proveniente de la casta guerrera.

Hanami: Etapa de la contemplación del florecimiento de los cerezos. Los japoneses acuden religiosamente cada año a disfrutar de la visión de las preciosas flores de *sakura*.

Jerjes (Jerjes el Grande): Quinto rey del imperio Aqueménida.

Kamikaze: Piloto suicida japonés.

Katanas: Espadas japonesas utilizadas por los samurái.

Le Male Terrible: Perfume masculino de Jean Paul Gaultier.

León de Nemea: Monstruo griego que fue derrotado por Heracles.

Neon wand: Juguete erótico que desprende descargas eléctricas regulables y que dispone de diferentes cabezales según el juego que quiera llevarse a cabo.

Leónidas I: Rey de Esparta que murió en la defensa de las Termópilas.

Lísipo: Escultor clásico griego.

Llave del sueño (llave de la muerte): Técnica muy peligrosa usada por las élites del ejército para dejar fuera de juego al enemigo. Consiste en interrumpir el flujo de sangre al cerebro.

Máscaras Hannya: Máscara en representación de un demonio, originalmente utilizadas en el teatro japonés.

Meatpacking district (Gansevoort Market): Popular barrio de la ciudad de Nueva York, localizado en el Borough Manhattan, antiguamente conocido por albergar los mataderos.

Pentatlón: Competición de la antigua Grecia que consistía en cinco pruebas: carrera, salto de longitud, lucha y lanzamiento de disco y jabalina.

Peppermint: Híbrido entre la menta acuática y la yerbabuena.

Pez Koi: Carpa de mucho colorido y muy presente en la mitología japonesa y china.

Sakura: Múltiples significados, desde nombre o apellido a la celebración de los cerezos en flor.

Sheriff: Oficial de policía de un condado estadounidense.

Tatami: Tipo de alfombra imprescindible en Japón, de donde es originaria, aunque en la antigüedad era un lujo al alcance solo de los más adinerados.

Termópilas (Batalla): Tuvo lugar durante la segunda guerra Médica por la que las *polis* griegas, lideradas Atenas y Esparta se unieron queriendo detener el avance persa.

Zippo: Gama de encendedores creada por George G. Blaisdell. Su forma permite mantener la llama a pesar de que haya viento. Se rellena con gasolina u otros combustibles.

66 (*The Main Street of America*): Famosa ruta 66 estadounidense que forma parte de la red de carreteras generales.

HELENA ACOSTA

La mayor gloria no es caer, sino levantarse siempre que caemos.
Nelson Mandela.

Qunu, provincia de El Cabo de Buena Esperanza, Sudáfrica, diciembre del 2014.

—¿Qué haces aquí sentada? Te he estado buscando por toda la casa. Empezaba a estar preocupado. Menos mal que Maki me dijo que saliera a buscarte aquí. ¿Por qué precisamente aquí?

Vimla estaba sentada encima de una saca de semillas vacía en lo alto de una loma de granito. Desde allí veía la ladera frente a sí. Georg se hizo un hueco a su lado y se sentó junto a ella. Estuvieron un rato en silencio, tras el cual ella lo cogió de la mano, sin levantarse se inclinó hacia delante y lo instó a que hiciera lo mismo. De repente estaban los dos bajando por la colina, deslizándose como en una pista de hielo. El semblante de Vimla se había iluminado, se la veía feliz al bajar por la pendiente.

Georg, que pesaba bastante más que ella y que había sido sorprendido por su ímpetu, se desequilibró y llegó rodando a la base antes que ella. A Vimla le vino muy bien ese tope blandito donde impactar, y a él le sirvió de excusa para cogerla en brazos y llenarla de besos. Ella, que conocía su debilidad por las cosquillas, le metió los dedos en el costado y al poco los dos reían y se besaban al pie de la colina.

En sus apariencias eran como la noche y el día. Ella menudita, de ojos oscuros, cabello rizado, aunque, por qué no decirlo, interesantes y voluptuosas curvas. Él, grande, rubio y musculado hombretón, exjugador del equipo nacional de *rugby*.

—Ey, *liefde*[34], *Jean qui rit, Jean que pleur c'est la fête au ramoneur*[35]. ¿Te ríes o lloras?

Esta vez era Georg quien le hacía cosquillas a Vimla y alguna que otra lagrimilla le corría por las mejillas. Georg recogió una con la punta de su índice izquierdo y degustó su salinidad. Vimla le cogió el dedo entre las manos y se lo besó.

—¿Sabes, *khulu*[36]? **Tata** venía aquí, a bajar por la colina con sus amigos cuando era niño. Lo echo de menos, lo echo tanto de menos que aquí me siento más cerca de él.

—Venga, *liefde*, tenemos mucho qué hacer. Se lo debemos, los dos le debemos estar alegres, seguir su legado y hacer llegar su palabra al mundo.

—¿Te das cuenta? Hace ya un año que se fue. Empiezo a olvidar su cara, el sonido de su voz. *Khulu*, no quiero olvidar la presión ni el calor de su mano cuando me medio reñía si le decía que bajara el ritmo, que se tomara las cosas con más tranquilidad...

—Para luego añadir «Ya descansaré, cuando llegue el momento descansaré; ahora mi familia, y créeme que son muchos, me necesita y no les puedo defraudar». ¿Ves, *liefde*, cómo el recuerdo no se pierde? Por eso debemos seguir adelante y luchar, y así seguir contándolo y pasarlo de generación en generación. —La instó a levantarse y, cogidos de la mano, al son de **Shosholoza** volvieron caminando hacia el pueblo mientras cantaban a voz en grito.

Maki, inquieta, había salido a la veranda por si los veía llegar. Vimla, al divisarla en la distancia, agitó la mano a modo de saludo y Georg hizo lo propio, viendo la respuesta de Maki, que les devolvía el saludo y respiraba tranquila al ver que ambos volvían para casa.

—¡Venga, chicos, daos prisa! El desayuno se enfría y ya sabéis

---

34 (Fr) Juan que ríe, Juan que llora, es la fiesta del deshollinador.

35 (Afri) Cariño.

36 (Afri) Más grande de lo habitual, que es admirado en xhosa.

como se pone Xoli si no estamos sentados a la mesa para tomarlo todos juntos.

Vimla cogió a Maki por la cintura al pasar a su lado y ambas entraron juntas a la casa. Georg, detrás, rodeando a ambas por un hombro y con la cabeza metida entre las dos les plantó un cariñoso beso a cada una. Maki se giró a la voz de:

—Zalamero, más que zalamero... ¿qué quieres? —Y le devolvió el beso.

—Nada, *Ma* Maki[37], solo estoy contento de tenerte.

Vimla sacudió a Gorge por la cintura a empujoncitos que lo obligaron a soltarlas a ambas y le fue espetando entre risas:

—Eh, tú, que ya tienes novia, a ver si te vas a pensar que estoy dispuesta a compartirte. Ah, y por cierto... *Ma* Maki es mía primero.

Xoli, que estaba sentada a la mesa de la cocina, también reía al ver la escena mientras los chicos llegaban por el pasillo. Maki se les adelantó y fue a refugiarse detrás de la cocinera.

—¡Xoli, Xoli, me quieren solo para ellos, me quieren dividir!

Al oírla los chicos fueron tras ella y acabaron los tres corriendo y dando vueltas a la mesa, hasta que Xoli se tuvo que levantar y poner orden.

—Se acabó el juego. Sé que es complicado, pero hoy más que nunca debemos estar concentrados en nuestro trabajo y mostrar al mundo su legado.

Esa mujer siempre encontraba las palabras adecuadas en el momento adecuado, en su justa medida. Se sentaron a la mesa y cogidos de la mano dieron gracias por los platos que iban a comer. Disfrutaron del frugal desayuno, pero a Vimla, además de que todo le encantaba y de que también era su desayuno favorito, le cayeron de nuevo las lágrimas al ver la **melktert**, el bol de **umphokoqo** y recordar cuánto agradecía Tata que se lo prepararan.

Georg la pilló al vuelo.

—¿Recordáis cuando, estando de gira, Tata pidió *umphokoqo* en el Dorchester de Londres y el chef no sabía hacerlo? Su asistente llamó a casa y...

—Sí —fue Xoli la que cogió el testigo y continuó con un velo en la cara de entre tristeza y alegría mientras Vimla se secaba las lágrimas y se recomponía al recordarlo ella también—. Le preparé una ración que guardé en un *tupperware* y envolví en papel de regalo. Volé casi

<hr>

37 (Afri) Mamá Maki.

cinco mil kilómetros solo porque quería comer algo que supiera a casa. ¡Cuánta gente se muere por comer en esos sitios y él se moría por unas simples gachas o una leche agria!

—Disculpad y buen provecho, pero necesito a Vimla. Es que han traído las sillas y no sé muy bien dónde tienen que ir. —Era Tsasi, el asistente de Vimla, que se había apoyado en el umbral de la puerta de la cocina.

Vimla puso su servilleta en la mesa y se levantó al tiempo que apuraba su café largo y le daba un último bocado a su tostada de mermelada de **ñame**. Le plantó un beso en la mejilla a Xoli y le dio las gracias por el desayuno. A Georg, un pellizquín también en la mejilla y le recordó que a ver si le iba a tener que llamar la atención por llegar tarde a su trabajo. De hecho, Vimla era su jefa desde hacía como un año y la verdad era que no les iba nada mal, a pesar de lo que se solía decir sobre compartir trabajo y amores. Georg fue a contestar, pero con eso de «Eh, señor de Voert, que le puedo despedir en cualquier momento», él se resignó, se levantó a su vez y plantándoles un sonoro beso a las tres mujeres allí presentes salió por la puerta, mientras que le daba una palmada en el hombro a Tsasi, que se había apartado para dejarlo pasar. Vimla se había quedado embelesada mirando cómo Georg marchaba y pensando en cómo se podía querer a alguien tanto.

—Ey, niña, te has quedado aquí pasmada y se te cae la baba. Tienes a Tsasi esperándote —le dijo Maki, socarrona, al verle el semblante.

—Sí, sí, tienes razón. Ahora mismo vamos.

—¿Cómo que vamos? —preguntó Maki, que no acababa de verlo claro y menos que Vimla la urgiera al cogerla por la mano—. No, no, niña, que tengo muchas cosas que hacer aquí. —Vimla, que sabía que Maki no podía resistirse a ellos, le puso ojitos, así que obviamente acabaron yendo los tres a ver cómo debían ser dispuestas las sillas para el festival.

Estuvieron atareados toda la mañana y fue, cómo no, el increíble olor del ***umsila wenkomo*** y probablemente ***dombolos*** que provenía de la cocina lo que les recordó que se acercaba la hora de comer. Al poco se oyó el tañer de la campana con la que Xoli avisaba de que la comida estaba lista. Los comensales se fueron acercando a la estancia y tras asearse se sentaron a comer. Ese día, a diferencia de otros en que a todos les tocaba por turnos ayudar a poner los platos, llegaron a mesa puesta; había demasiado trabajo y detalles de última hora que atender como para entretenerse en ponerla. Una vez todos sentados, los ocho se cogieron de la mano para dar gracias, pero antes Vimla les quiso recordar la importancia del momento.

—Hoy hace un año que Tata nos dejó, pero lo que de verdad importa ahora no es que nos dejara —no podía permitir que la emoción la embargara y a pesar de que su voz sonara un poco más ronca continuó—: es que sepamos continuar su legado. Tenemos el honor y el deber de hacer llegar al mundo su labor y continuar con ella. Hagamos que se sienta orgulloso de todos nosotros. —Georg, a quien ella daba la mano izquierda, le dio un apretón a modo de aliento. La mujer se lo devolvió y dirigiéndose a Maki le pidió—: Por favor, Maki, dirige tú la plegaria. —Y ella así lo hizo.

La comida tuvo lugar en un ambiente distendido y jovial. Hablaron de cómo habían ido los partidos de fútbol y *rugby* en honor a **Madiba**. Georg, quien los había organizado y llevaba esa parte de la fundación, les puso al día con todo detalle, anécdotas incluidas.

—Los Minispringbok perdían, y Endolo dejó el campo y vino a cogerme de la mano para decirme con esa vocecilla que le seseaba en el hueco de las dos paletillas que se le han caído, «Georg, Georg, venga, entra a jugar que si no vamos a perder. Tenemos que ganar por Madiba. Venga, que ya llevas puesta la camiseta...». Le contesté que no podía, que era demasiado grande y que Madiba ya estaba contento con solo verlos jugar, que no le importaba quién ganara. Endolo me escrutó de arriba abajo y sacudiendo la cabeza con sus manitas en las caderas dijo muy serio «Pues sí que eres grande», y con una sonrisa volvió al campo y siguió jugando como si tal cosa.

Tsasi comentó que todos los asistentes al festival estaban ya en el pueblo, Rhadia que estaban trabajando en los arreglos florales, Asimbonanga que estaban rotulados los nombres de los participantes a la cena en cada mesa según la distribución prevista... Y Maki, a la que muchos llamaban *Ma* Maki, les dio las gracias a todos por ser como eran y por hacerla sentir realmente útil.

Xoli, que siempre tenía los pies en la tierra, les recordó que eran casi las dos y media y debían tener todo a punto para las seis. Así que acabaron de comer, tomaron un rápido café algunos y otros un té, y todos volvieron a sus labores tras darle las gracias por alimentarlos siempre tan bien. *Ma* Maki se quedó con Xoli a supervisar cómo iban los preparativos de la cena. Vimla, Tsasi y Georg fueron a recorrer las instalaciones para asegurarse de que todo estaba realmente en orden.

Sobre las cuatro y media habían terminado y decidieron ir a

cambiarse y vestirse para la ocasión. Georg, traje de chaqueta claro de verano, y Vimla, traje tradicional *xhosa* con perlas en el vestido, collar de cuentas y turbante alto. Estaban en su habitación, Vimla delante del espejo del vestidor poniéndose el turbante y Georg sentado sobre la cama, calzándose, cuando alzó la cabeza para quedársela mirando. Se levantó y colocándose detrás de ella la abrazó por la cintura.

—*Liefde*, ¿por qué te querré tanto? ¿Qué oscuro embrujo habrás usado para que caiga tan irremediablemente entre tus redes?

Vimla se giró, se puso de puntillas, y mirando hacia arriba le hizo ojitos diciéndole:

—No fui yo, fue Xoli, yo simplemente completé el trabajo. —Dicho esto, lo cogió por la camisa, obligándolo a agacharse para besarla. Fue electrizante. En el momento en que se tocaban, se encendían, y lo que en principio fue un beso cariñoso se convirtió en una hambrienta llamada a algo más. Acabaron sobre la cama, comiéndose algo más que a besos. El turbante de Vimla rodó al suelo, la camisa de Georg abierta por el centro. Llevaba la chaqueta y la pajarita puestas, pero a Vimla no le importó en absoluto, se quitó el *culotte* y se encaramó sobre Georg, a quien le bajó la cremallera del pantalón y le soltó el cinturón. Se olvidaron por completo de la hora que era y de que tenían el tiempo justo, tan metidos estaban en su amor. El sonido del coro de bienvenida los devolvió a la realidad y tuvieron que recomponerse la ropa deprisa y corriendo para llegar a tiempo a recibir a los primeros invitados.

Salieron escopeteados. Vimla iba delante y Georg la seguía escaleras abajo, cerrándose la camisa, cuando oyeron reír a Tsasi, que justo había salido de su propia habitación.

—¿Dónde vais con tanta prisa?

—¿No lo has oído? El coro ya está cantando. Venga, Tsasi, que no podemos llegar todos tarde. ¿Cómo no nos has avisado? ¿Por qué estás todavía arriba tú también? ¿Quién está abajo? —bombardeó Vimla.

—Vale, vale, para un poco que me pierdo, ya no sé por qué pregunta empezar...

—Tsasi, que no estoy para bromas.

—Tranquila, Vimla, tranquila... Es la prueba de sonido. Vamos bien, no te agobies.

Con eso Vimla se sentó en el escalón en el que estaba. Georg, un par de escalones más arriba, hizo lo mismo. Tsasi se acercó, empezó a bajar, saludó a Georg con un apretón en el hombro y se sentó al lado de Vimla para decirle bajito:

—A ver, niña, ya sé que no es cosa mía y que sois jóvenes y que os queréis y todas esas cosas. No me interpretes mal, no pretendo llamarte al orden...

Vimla había escondido la cabeza entre las manos y murmuraba.

—Qué vergüenza, qué vergüenza...

Georg, cabizbajo y avergonzado también se acercó y se colocó detrás de ella. Cogiéndola por los hombros iba a decir algo, pero Tsasi se giró y mirando a ambos empezó a reír.

—Pero ¿os habéis visto la cara? Ni que hubierais cometido la peor de las ofensas.

—Es que... —Ese era Georg, que intentaba justificar lo que había pasado... que estaba claro que había pasado.

—Pero, vamos, chicos, si es una bendición que pase, que podáis seguir disfrutando de la alegría de la vida. Madiba no era precisamente santo en ese sentido y estará encantado de que nos deis muchos hijos para que sigan jugando, riendo y alborotando por toda la casa. Mi intención era solo deciros que tú, Vimla, deberías recomponer un pelín mejor el turbante y tú, Georg, ¿te has visto la chaqueta? Parece que hayas dormido encima. Anda, dame, haré que la planchen. Vete abajo a ver cómo va todo, que yo me llevo a la señorita a ponerla guapa, más guapa de lo que ya es.

Ambos iban como niños pillados con los dedos en la tarta de la abuela. Tsasi en cambio sonreía, divertido por la situación.

Esa noche, muy tarde, cuando ya todos los invitados se habían retirado a descansar o habían marchado a sus casas y hoteles, Georg y Vimla se pasearon por las instalaciones en silencio cogidos de la mano. Sobraban las palabras. Estaba todo dicho. Se pararon un momento ante la foto de Tata y la consigna:

Está en vuestras manos ahora.

Tenían la sensación del deber cumplido. Lo habían hecho bien y seguirían haciéndolo porque ese era su sino ahora. Porque ese era el legado que les había dejado y que ellos, con orgullo, habían decidido seguir llevando.

La semana se cerró con la gran cena de celebración, la entrega de premios por los encuentros deportivos que habían tenido lugar y la lectura por parte de los niños de los poemas que habían escrito para la ocasión.

Vimla dio las gracias a los presentes por estar allí, por hacer posible la continuidad del trabajo de Madiba y a modo de despedida puso en sus labios algunas de sus palabras.

—Aprendí que el coraje no era la ausencia de miedo, sino el triunfo sobre él. El valiente no es quien no siente miedo, sino aquel que conquista ese miedo. Tata me enseñó esta verdad y con ella vivo cada día. Ella me permite llevar mi labor adelante, ella nos permite llevar nuestras vidas adelante a todos. Gracias por estar aquí, gracias por permitirnos celebrar su vida y su legado. Gracias por hacer de este momento un momento alegre. Nos veremos, nos seguiremos viendo... —Y mientras esto decía empezó a sonar el coro de niños que a Madiba tanto le gustaba oír. Vimla bajó del estrado y con ello dio por terminada la celebración por el primer año sin su presencia. Ahora debía asegurar la cena de Navidad para todos los niños de **Qunu**. Debía proveerles de la cena y un regalo para cada uno de ellos, tal como lo había hecho Madiba durante tantos años. No era tarea fácil, ya que año tras año llegaban más y más niños, y si no fuera por las donaciones externas, tanto de dinero como de productos, ellos no podrían asumir los costes con fondos propios.

Mientras Vimla se quedaba a supervisar los preparativos de dicha cena, Georg marchó a Pretoria a supervisar junto a Malala la organización del festival para la recaudación de fondos en favor de la fundación. Asistió como invitado a la entrevista televisada a **Mercy Makhalemele**, cuya finalidad era recordar a Sudáfrica y al mundo entero que el sida sigue matando. Georg dijo a la audiencia:

—En 2014 ha habido dos millones de contagios, pero hemos sido capaces de reducir su expansión en un 41%. Debemos recordar que en nuestro país viven casi siete millones de personas con el virus o son seropositivas, y que muchas viven con el estigma de serlo. —La presentadora le preguntó a qué se refería con el término «estigma»—. Bueno, a nadie se nos escapa el hecho de que mucha gente sigue sin atreverse a decir que es seropositiva o tiene el virus por miedo a perder su trabajo o ser repudiada, e incluso agredida. Creo que quien mejor nos lo puede explicar es Mercy, que lo vivió en sus propias carnes.

—Ciertamente, el hecho de ser mujer aquí, en África ya de por sí es duro, y si además eres portador o tienes el virus, tu vida puede ser un verdadero infierno, muy especialmente en el entorno rural, del cual provengo. Estando embarazada de mi segunda hija —continuó exponiendo Mercy— en un test rutinario me diagnosticaron el virus. Cuando se lo dije a mi esposo, que fue quien obviamente me infectó, me echó de casa, e hizo que me echaran del trabajo. Entendí entonces que la mejor arma que una mujer puede tener es la educación, el conocimiento, así que me puse a ello. Mi marido murió en 1995 y mi hija un año después. Son solo dos víctimas más de la plaga, de la plaga que entre todos debemos luchar por erradicar. Les pido a todos ayuda para hacerlo, en la forma que mejor les satisfaga, pero háganlo.

Georg recogió el testigo e invitó a los espectadores a hacer donaciones a través de la **Fundación Mandela** o de Unicef o de cualquier otro medio, pero les pidió que de una manera u otra contribuyeran.

—Por favor, ayuden a reducir el número de huérfanos, los casi dos millones y medio de niños que están solos por culpa del sida en nuestro país y sabe Dios cuántos más en el resto del mundo.

Vimla, que no se había perdido ni un segundo de la entrevista, se dio prisa en llamar a Georg al móvil y decirle lo bien que había estado, cuánto lo amaba y cuánto lo echaba de menos.

—Estate tranquilo, *khulu*, aquí está todo bien y listo. Te espero, amor, os espero a todos.

—¿Y esa vocecilla, *liefde*? ¿Seguro que estás bien?

—Sí, claro, no te preocupes; simplemente estoy un poco cansada. Son muchos días ya de duro trabajo, muchas emociones y sobre todo, tenerte lejos, tenerte lejos me entristece. *Khulu*, necesito tu calor, tu aliento y tu piel...

—*Liefde*, ahora sí que me estás preocupando. Cogeré el primer avión que tenga pasaje y voy para allá.

—*Khulu, khulu*, no, no, no pasa nada... Es solo eso, que te echo de menos, nada más. Espera, te paso a Tsasi o a *Ma* Maki. Ellos te confirmarán que no pasa nada.

Tsasi y Maki habían estado viendo la entrevista con ella. De hecho, eran ellos los que la habían obligado a tomarse la tarde con tranquilidad y habían delegado la mayoría de sus obligaciones a otros compañeros. Lo cierto era que hacía tres o cuatro días que Vimla no acababa de estar bien. Le costaba mantener algo en el estómago, tenía frío a pesar de la época y estaba muy, muy cansada. Debía ser la dichosa malaria de nuevo. Los médicos ya les habían advertido de que a pesar de haberla superado, de vez en cuando le podría dar algún que otro síntoma, sobre todo en épocas de mucho estrés y cierta inmunodeficiencia. Vimla lo dijo todo con la mirada, así que cuando le pasó el teléfono a Maki, esta le confirmó a Georg que todo estaba bien y que estuviera tranquilo. Le devolvió el aparato a Vimla y, tras colgar, Maki le dijo:

—Si le he mentido es para que no se preocupara más de lo debido y se juegue la vida por llegar aquí lo antes posible, así que ahora te toca a ti hacer algo por mí. Vas a estarte aquí quietecita, vas a olvidarte de trabajar y vas a tomarte la medicación.

—Y yo voy a pedirle a Xoli un tazón de su famoso caldo *resucitamuertos* para que te lo tomes a sorbitos, a ver si se te asienta el estómago. —Quien dijo eso fue Tsasi, que ya salía por la puerta para ir a la cocina a avisar a Xoli.

Cómo no, Xoli ya lo había tenido en cuenta y tenía una buena olla preparada. Llenó un pequeño tazón, por aquello de que ver demasiada comida le pudiera producir náuseas a la mujer, se lo pasó a Tsasi y cogió las judías, las patatas y el maíz que estaba preparando, el bol, el cuchillo y demás útiles que necesitaba y ambos volvieron al salón donde seguían Maki y Vimla. Al verlos llegar Vimla los escrutó a todos con una medio sonrisa y les dijo:

—Ya veo, esto es un *complot*. Así que o me porto bien o le vais con el cuento al gran hombre blanco.

—Eso es, señorita. Así que, tú misma. Más vale portarte bien. —Tsasi le entregó el tazón, Xoli se sentó en el sofá a su lado, colocó sus pies sobre sus piernas y se puso a trabajar. Maki fue a por la medicación y a la vuelta le dio las dos píldoras que debía tomar.

—Toda tuya, Xoli. Si se porta mal, ya sabes. —Maki le plantó un beso en la mejilla a Vimla y cogiendo a Tsasi por el codo ambos salieron a seguir con sus tareas.

Al poco sonó el móvil de Tsasi. Era Georg, que no se había quedado tranquilo del todo, y quería saber qué opinaba Tsasi.

—No te preocupes, ya sabes cómo es. Nunca es suficiente, lleva al extremo lo de ya descansaré. Estate tranquilo, que nosotros cuidamos de ella, aunque hay cosas que no podemos darle, ya sabes...

Con eso, Georg se quedó algo más tranquilo, pero así y todo adelantó la vuelta todo lo que sus obligaciones le permitieron. Una visita obligada lo tuvo retenido poco menos de medio día. Tenía previsto quedarse el tiempo suficiente para que pudieran preparar sus maletas e ir con él de vuelta a Qunu.

—Mamá, ¿cuál es el problema? Os avisé hace más de un mes de que vendría a recogeros para pasar las fiestas en Qunu.

—Hijo, tu padre...

—¿Qué pasa? ¿No es lo suficientemente buena para vosotros?

—No, hijo, no... solo necesita tiempo para hacerse a la idea. Ya sabes, es un hombre muy tradicional. Eres su primogénito, quería que siguieras con el negocio y...

—Venga, mamá, no seas cínica. Rhita es mucho más capaz que yo y lleva años trabajando con papá, no me jodas.

—Hijo, por favor, no blasfemes...

—Mamá, voy a salir por esa puerta y te aseguro que no volveré a entrar hasta que tú y papá entendáis que este es un país libre donde todos somos iguales independientemente de raza, credo o sexo. —Y salió de la casa pegando un portazo tras de sí. La visita había sido ciertamente mucho más corta de lo que había previsto. Corta en todos los sentidos: jamás hubiera podido creer que sería en su propia familia donde encontraría miedo e ignorancia. Con la rabia y el dolor de la decepción fue directamente al aeropuerto y pudo coger el vuelo de la tarde a **Mthatha**. Una vez allí, condujo el Jeep que había dejado en el *parking* de vuelta a Qunu, a unos treinta kilómetros. Llegó de noche y por eso le extrañó que estuviera allí el Rover del Dr. Schemer. Se le encendieron todas las alarmas, y casi sin apagar el motor entró en tromba en la casa, llamando a Vimla a gritos. Fue Tsasi quien le contestó; había salido del estudio al oír el barullo.

—No te esperábamos hasta pasado mañana. Tranquilo, el Dr. Schemer está con ella. Se ha desmayado esta tarde y pensamos que no estaba de más que la viera.

Georg subió las escaleras de dos en dos e irrumpió en la habitación. Xoli y Maki estaban de pie, el Dr. Schemer sentado en una orilla de la cama y Vimla estirada, con la espalda y la cabeza apoyados en mullidas almohadas blancas. Su piel oscura contrastaba con tanto blanco y los ojos que puso al ver a Georg y la cara de susto que llevaba, más aún.

El Dr. Schemer se levantó y le dijo a Georg, en realidad a todos los presentes, que no parecía nada grave, que probablemente sería una recaída de su malaria, pero que le gustaría que se acercaran a la clínica a la mañana siguiente para que pudiera hacerle pruebas más concretas. Le dio las buenas noches a Vimla, le recordó que debía descansar y les pidió a las señoras que le acompañaran a la salida mientras le decía a Georg que se verían a la mañana siguiente en la clínica.

—*Khulu*, no te asustes, no pasa nada, solo es cansancio. Mañana nos acercamos a la clínica y todo arreglado. ¿Qué haces aquí? Ya te han ido con el cuento...

—No, *liefde*, nadie me ha dicho nada. Acabé antes de lo previsto y me vine...

—Y tus padres, ¿están abajo? —Vimla fue a incorporarse para levantarse y poder ir a saludarlos. Era su primera visita a Qunu y tenía que recibirles como es debido.

Georg la retuvo y sacudió la cabeza.

—No, no han podido venir. Un asunto de última hora los ha retenido allí, pero tranquila, que para Nochebuena están aquí. —No estaban las cosas para disgustos, así que le pareció que esa mentira piadosa era lo mejor en aquel momento. No quería añadir más preocupaciones.

A la mañana siguiente acudieron como estaba previsto a la clínica. El Dr. Schemer sometió a Vimla a las pruebas previstas, y los mandó para casa con la consigna de que Vimla se portara bien y se tomara las cosas con tranquilidad a la espera de los resultados. Hacia media tarde ya los tenía, y con la excusa de tomar una de esas fabulosas meriendas que Xoli preparaba se acercó a entregarlos.

Vimla estaba estirada en el sofá y los demás habían trasladado la merienda al salón para estar con ella, así que el doctor no tuvo más que sumarse al grupo. Después de la merienda, todos, salvo el doctor y Georg volvieron a sus quehaceres. Vimla seguía tumbada, así que Georg se sentó a su lado y el médico lo hizo en el sillón enfrente.

—Venga, *doc*... suéltelo ya que nos tiene nerviosos. —Georg estaba expectante.

—Bueno, chicos, tal como pensaba es una recaída.

—¿Lo ves, Georg? Tanta historia y no es más que una recaída.

—Un segundo, Vimla, déjame terminar. Hay algo más.

—¿Cómo algo más? ¿Qué quiere decir, doc? —Georg se había puesto tenso. Vimla se había sentado.

—No os asustéis, no es malo.

—Pues al grano, desembuche de una vez.

—Veréis, no sé si los síntomas son resultado de la recaída o...

—¿O qué, *doc*? Me está sacando de mis casillas.

Vimla puso una mano sobre los labios de Georg y comentó:

—*Khulu*, déjale hablar... si es que eres tú el que no le deja terminar.

—*Liefde*, es... —Se oyó difuminado tras los labios cerrados.

—Tranquilo, Georg. Es tan fácil como que —a *doc* se le iluminó la cara, sonrió y continuó—:... hay otras causas que provocan vómitos, cansancio, antojos...

—¿Antojos? —Era Vimla la que preguntaba. Se acababa de dar cuenta y todo empezaba a encajar. Se empezó a dibujar una enorme sonrisa en su rostro. Georg, en cambio, seguía sin entender y miraba a ambos sin saber—. Perdónele, doc, es hombre. Es un poco lento de entendederas.

—Oye, oye, señorita, que yo también soy hombre y no ando por allí diciendo a la mujeres que son cortas de fuerza... —Menos mal que el Dr. Schemer la había visto nacer; de hecho, había sido él quien la había traído al mundo y tenía claro que no había mala intención en lo que decía.

—Me estáis poniendo muy, muy nervioso. ¿Queréis hacer el jodido favor de decirme qué cojones pasa? —Georg no solía ser mal hablado, pero cuando se ponía nervioso, y muy especialmente cuando se trataba de algo relacionado con Vimla, se le soltaba la lengua de mala manera.

El doctor y ella se miraron, divertidos por su enfado y Vimla, sacudiendo la cabeza a modo de regañina, le dijo:

—Oye, papá, modera tu lenguaje. Esa no es manera de hablar para un...

Georg, que por fin parecía haber entendido lo que estaba pasando, se abalanzó sobre Vimla y la comió a besos, para levantarse en seguida y disculparse por haberla chafado.

—No te he hecho daño, ¿verdad? Perdona, no quería chafarte...

—Georg —intervino el médico—, es del tamaño de una pelota de tenis... Por mucho que abraces a tu mujer no vas a hacerles daño a ninguno de los dos. Chicos, ¿me dais un minuto para que os acabe de explicar algo? Luego os dejo solos para que lo celebréis, pero me gustaría deciros algo primero.

—Sí, claro, *doc*. Disculpe, adelante. —Georg se había recompuesto y sentado como es debido junto a Vimla en el sofá, quien también se había sentado bien erguida para escuchar lo que tenía que decir el Dr. Schemer.

—Chicos, no pretendo asustaros, pero tengo que deciros que debido a la medicación contra la malaria existe una posibilidad, aunque muy remota, pero existe, una posibilidad de que vuestro hijo haya sido afectada por ella y nazca con problemas.

—¿Qué clase de problemas, *doc*? —Georg era incapaz de mantener la boca cerrada.

—Georg, ¿quieres callar? Déjalo hablar.

—Tendréis que tomaros la vida con mucha más tranquilidad. Vimla, esto convierte tu embarazo en un embarazo de alto riesgo y sabemos seguro dos cosas: tú eres pequeña de por sí, y la malaria ralentiza el crecimiento de los bebés a nivel intrauterino, así que te quiero ver cada semana sin excusas.

—No se preocupe, doc. Yo me encargaré de que se comporte y la llevaré personalmente a la clínica cada vez que sea necesario.

—Que así sea. —Y con eso el doctor se levantó, saludó a ambos y con la excusa de que conocía bien la casa marchó sin que lo acompañaran.

Xoli, que había estado atenta a ver si la necesitaban, llamó a la puerta del salón en cuanto el Dr. Schemer marchó. Georg le abrió y le pidió que fuera a buscar a Tsasi y a Maki. Los tres volvieron al poco con las facciones contraídas por la angustia y el miedo. Cuando Vimla les vio la cara de susto que traían se rio y le dijo a Georg que se lo contara. Este no dijo nada, miró a los tres con una enorme sonrisa en los labios y simplemente marcó un semicírculo en el aire de arriba abajo por encima de su barriga.

Ma Maki lo pilló a la primera y gritó.

—¡Un *umntwana*[38], un *umntwana*!

Xoli también empezó a gritar y a saltar de alegría. Tsasi se abrazó a Georg y le dio la enhorabuena. Vimla miraba a todos y también reía. Pasados los primeros momentos de alegría y estupor Georg los puso a todos al corriente de la situación médica, y Vimla intervino para recordarles:

—Estoy embarazada, no enferma, así que por favor está bien que me miméis un poco, pero dejadme espacio que tenemos mucho tiempo por delante.

—¿Para cuándo tendremos a la pequeña *ibhabhathane*[39] con nosotros? —*Ma* Maki se lo preguntaba a Georg.

—*Ma* Maki, ¿y por qué dices pequeña mariposa? ¿Cómo sabes que será una niña?

Vimla salió al paso para decir que no lo sabían, que no sabían para cuándo nacería su hijo. Ni siquiera habían pensado en preguntárselo al doctor.

---

38 (Xho) Bebé.

39 (Xho) Pequeña mariposa.

—No lo sé. *Doc* no lo dijo, pero sí que era del tamaño de una pelota de tenis. —Georg seguía con lo suyo y volvió a preguntar que cómo sabía *Ma* Maki que sería una niña.

Fue Xoli la que contestó.

—Creo que no lo sabe del todo, pero Georg, solo para que sigamos siendo un matriarcado, será una niña.

Se les fue el resto de la tarde hablando. Estuvieron mirando la agenda de Vimla para aligerarla al máximo durante las siguientes semanas. Ella, a quien habían vuelto a mandar acostarse al sofá, se había dormido, así que nada pudo discutir sobre los drásticos recortes en sus tareas. Como a la hora de cenar todavía dormía, fueron a la cocina junto al resto de los componentes de la casa, a cenar y a contarles la buena nueva.

Hacía un par de días que reinaba el silencio en la fundación y se merecían saber que todo estaba bien y que volvieran las risas y la música a la que tanto estaban acostumbrados. Faltaban solo tres días para Nochebuena y había todavía mucho qué hacer. Vimla se quejaba amargamente porque según ella no le dejaban hacer nada. Aunque durante el día ya no vomitaba y podía retener algo de comida, las mañanas eran tremendas y la tenían amargada, debilitándola bastante. El Dr. Schemer había dado órdenes de que estuviera el máximo tiempo sentada y que no hiciera ningún esfuerzo físico, así que la habían relegado a mera espectadora de los preparativos para el árbol y las decoraciones. Tan pesada se puso que *Ma* Maki le llevó una caja llena de papel de regalo, lazos, celo y todo lo necesario para hacer paquetes. Detrás de ella entraron varios de los chicos con un montón de cosas que debían ser empaquetadas para los niños. Las traían en cajas divididas por edades, y así cada niño recibiría algo acorde a su edad. Xoli, que entró la última, les dio las gracias a los chicos que marcharon a hacer otras cosas y se quedó con Vimla a envolver regalos. Se quedó con ella hasta que los fogones la llamaron y entonces fue Tsasi quien tomó el relevo. Estaba claro que no pensaban dejar a Vimla sola ni un segundo.

A la hora de cenar llegó Georg, que había pasado la tarde con los Minisprinbok, ensayando para la representación que iban a hacer en Navidad. Cuando vio a Vimla no le gustó nada la cara que tenía. Estaba paliducha y las ojeras le llegaban a los pies.

—¿Estás bien, *liefde*? Estás pálida. ¿Te ha dado mucho la lata nuestra pequeña? —Georg ya se había hecho a la idea de que sería una niña. Otra mujer en la casa. En fin, ya tenía muy claro quién llevaba los pantalones. Besó a Vimla en la frente y la cogió en brazos. Esta intentó quejarse, pero para hacerla callar la besó está vez en la boca. La llevó arriba a su habitación. La sentó en la cama, la descalzó y la instó a tumbarse. Bajó a la cocina, pidió algo ligero para ambos, se excusó, subió con la cena, y mientras Vimla le contaba cómo le había ido el día se aseó un poco y se puso el pijama. Cenaron los dos tranquilamente en la cama y luego vieron *La mujer del predicador* en la tele. Bueno, eso de ver... Como a la media hora Vimla se había dormido acurrucada sobre el pecho de Georg. Él sí la acabó de ver y luego cambió al canal de deportes. Sin darse cuenta también le venció el sueño. Se despertó con el sonido del fin de emisión en la pantalla. ¿Fue solo eso? No, sentía cierto calor en la pierna. ¿Se le había dormido? Se incorporó ligeramente y le pareció ver... No, no podía ser...

—*Khulu*, despierta... Tranquila, pequeña, tranquila, no pasa nada...

La cama estaba manchada. Vimla estaba sangrando. Georg, que tenía el móvil en la mesita de noche llamó al Dr. Schemer y este le dijo que la llevara inmediatamente a la clínica, que él iba para allí también. Le dijo que la llevara con las piernas hacia arriba y que le pusieran unas toallas en la entrepierna, que presionaran fuerte y que hicieran tapón.

La habitación de Maki era la que más cerca estaba y tenía la luz encendida, así que Georg que había salido al pasillo mientras hablaba con el doctor, llamó a la puerta y la puso al corriente. Ella salió disparada a atender a Vimla mientras él iba a por el coche. Tsasi, que también había salido con el barullo bajó a Vimla en brazos y la metió en el coche en cuanto Georg llegó a la puerta. Le dijo que se sentara con ella, que ya conducía él. Así lo hizo y la recostó en su regazo, mientras Maki se sentó al otro lado sujetando las piernas de Vimla hacia arriba y taponando con la toalla tal como había dicho el doctor. A todo esto, Vimla iba en una especie de trance, sin saber demasiado bien qué es lo que estaba pasando. Sabe Dios a qué velocidad fueron, pero seguro que Tsasi se hubiera quedado sin *carnet* si los llegan a enganchar.

Ya los estaban esperando cuando llegaron a la puerta de la clínica. Pusieron a Vimla en una camilla y la ingresaron directamente por urgencias. Georg y Maki entraron detrás de ella. Tsasi fue a aparcar. El doctor Schemer, que sujetaba la puerta del *box* al que la entraron le comentó a Georg que se esperara en la sala, que en cuanto pudiera saldría a informarles.

Estaban todos en pijama, Georg además lo llevaba manchado de sangre, así que Tsasi, al entrar a la sala y decirle Maki que debían estar allí y esperar, llamó a casa para pedir ropa, ya que no sabían el tiempo que iban a estar allí. Le dijeron que Xoli iba para allá, que ya lo habían tenido en cuenta y que les llevaba algunas prendas a todos. Le preguntaron por mamá Vimla y le dijeron que rezaban por ella y por el bebé.

Xoli llegó al poco, se sentó con ellos y por sus caras vio que no sabían nada. Les entregó una bolsa con la ropa a cada uno y les pidió que se fueran a cambiar, que ya se quedaba ella. Georg dijo que ni hablar, que no se movía de allí hasta saber algo. Ella le acarició la espalda y comentó:

—Cariño, Vimla no debe verte manchado de sangre, la asustarás. Tsasi se queda y cualquier cosa entra al lavabo y te llama. Maki se cambia también y luego irá Tsasi, así cuando podamos verla no se impresionará al veros a todos descompuestos y en pijama. —Como siempre, Xoli sabía decir lo adecuado en el momento adecuado. Georg le hizo caso y volvió en nada. Un par de veces salió a avisarles una enfermera de que estuvieran tranquilos, que estaban atendiendo a Vimla, pero que todavía no podían decirles nada. De hecho pasaron un par de horas hasta que saliera el doctor a hablar con ellos. Llevaba ropa de quirófano, mala señal. Eso no podía significar nada bueno.

Georg saltó de su asiento como un resorte; de hecho, todos se levantaron y se acercaron al doctor. Este se soltó la mascarilla. Su cara lo decía todo.

—Lo siento, Georg, hemos hecho todo lo que hemos podido pero no ha bastado. Lo hemos perdido. —A Maki y a Xoli se les saltaron las lágrimas, a Tsasi se le encogieron las tripas y a Georg le entró un imparable temblor por todo el cuerpo.

—¿Lo hemos perdido? Vimla... ¿Y Vimla?

El doctor Schemer les invitó a sentarse e hizo lo propio también.

—Quiero que entiendas, Georg, que la malaria ha debilitado mucho a Vimla. La hemorragia y la anemia la han castigado más aún. Le costará recuperarse, pero lo hará.

—Doctor, esa mujer es mi vida. No me lo perdonaría jamás si le llega a pasar algo. Tenemos muchos hijos ya, pero sin ella no puedo vivir.

—Lo sé, Georg. Lo entiendo, y tranquilo... Estará bien con el tiempo, con tranquilidad y mucho amor se pondrá bien. Y si vosotros queréis podréis tener hijos biológicos. Habéis perdido este, pero podréis engendrar más. Georg, vete a casa, id los tres a dormir algo. Vimla está sedada y no despertará hasta dentro de seis horas por lo menos.

—No, no, no me puedo ir. ¿Y si se despierta y no estoy? ¿No hay nadie con ella?

Como siempre fue Xoli la que dijo lo adecuado.

—Yo me quedo. Marchaos, que os hace falta una buena ducha. Tú, Georg, si no quieres acostarte te duchas y vuelves, que como mucho en eso tardas hora y media. En ese tiempo... ¿puede despertarse, doc?

—No, no, imposible. Yo diría que poniéndolo muy, muy corto no lo hará antes de cuatro, aunque como os dije antes lo normal son seis. Xoli tiene razón, vete tranquilo, que yo haré lo mismo. Cualquier cosa nos llaman al móvil y estamos aquí en nada. Georg, está en buenas manos. Está entre los mejores profesionales y entre gente que la quiere. Vete tranquilo y ármate de fuerza, que cuando despierte es cuando de verdad te va a necesitar.

Tsasi y Maki se habían levantado ya y ayudaron a Georg a hacerlo también. Parecía haber envejecido diez años de golpe. Parecía incluso que hubiera encogido, tal era su dolor. Xoli quiso darle ánimos con un beso y un abrazo, pero por mucho que lo intentó, ni siquiera ella era capaz que hacerle sentir mejor. A Tsasi y a Maki les dio también un beso y les pidió que lo cuidaran, que le obligaran a ducharse y que intentara dormir aunque fuera un par de horas. Ella fue a la habitación donde les había indicado el doctor que estaba Vimla.

Todos sufrían. Nadie tenía ganas de hablar. A Georg le llamó la atención que fuera de día cuando salieron de la clínica, pero no se preocupó demasiado por saber la hora qué era. No recordaba tampoco en qué día vivían, pero sí sabía que ese era el primer día de una nueva vida. Siempre había estado pendiente de Vimla y de que esta estuviera bien aunque no pudieran estar juntos por las obligaciones que ambos tenían se hablaban a diario. Georg estaba convencido de que ella era su alma gemela y no estaba dispuesto a perderla. Este era el primer día de una nueva vida en la que iban a cambiar muchas cosas. Nada ni nadie iban a impedir que estuvieran siempre juntos, aún a riesgo de perder familia, trabajo, dinero... Nada era precio suficiente para permitir que algo se interpusiera entre ellos.

El viaje se hizo en silencio. Georg no se dio cuenta de que ya habían llegado a casa hasta que Tsasi paró el coche. Entonces levantó la cabeza y vio que había un automóvil en la puerta. No le sonaba, pero como siempre había tanto movimiento de gente no le dio mayor importancia. Se bajó sin mediar palabra y entró. Accedió al salón principal y sin saber demasiado cómo, se sintió abrazado y una voz familiar le dijo bajito al oído:

—Lo siento, hijo, no sabes cuánto lo siento.

Georg salió de su ensimismamiento y al levantar la cabeza vio frente a sí a su padre, que le tendía una copa. La que le abrazaba era su madre, y ahora, por detrás, su hermana le acariciaba la espalda, intentando reconfortarlo. Por inercia alargó el brazo y aceptó la copa, se bebió su contenido de un solo trago, la devolvió, y al soltarle su madre, se abalanzó a los brazos abiertos de su padre. Se dejó llevar y lloró, lloró todo lo que en los cinco últimos años no había llorado. Todas las lágrimas retenidas por la rabia, por el dolor que sentía ante la negativa y el desdén de su padre. Lloró por todos esos años perdidos, por él, por Vimla, por su hijo perdido, por... Su madre y su hermana salieron y dejaron a los dos hombres solos; tenían mucho que decirse y mucho de qué hablar, o así al menos lo creyeron ellas. Se equivocaban. Sobraban las palabras, no hacían falta: su padre, su héroe durante muchos años estaba allí, y con eso le bastaba. Las heridas se habían restañado de golpe, las cosas volverían a ser como antes, solo con un poco más de color. Aquel año y a partir de los siguientes, en todos los que vinieran después, la foto de familia tendría mucho más color.

Es curioso constatar la fuerza que puede tener el corazón. «La gente aprende a odiar, y si pueden aprender a odiar, también se les puede enseñar a amar, porque el amor viene más naturalmente al corazón humano que su contrario», esa es una de las muchas frases enormes que nos dejó Nelson «Tata» Mandela y eso fue exactamente lo que pasó en ese salón entre Georg y su padre....

Cuando Georg había salido por esa puerta en Pretoria, su padre que sí estaba en casa y lo había oído todo. Entró al salón a decirle a su madre que lo había hecho bien y que su hijo ya se daría cuenta y tarde o temprano volvería a casa. Por primera vez en su larga vida de casados, su madre le levantó la voz a su padre, y lo mandó literalmente a la mierda a la voz de:

—¡Sucio xenófobo *afrikaans*! ¡Tu hijo vale mil veces más que tú! ¿Cómo he podido estar tan ciega durante tantos años? —Y salió por la puerta sollozando por el dolor y por la culpa que ahora sentía.

Rhita, alertada por un más que extraño alboroto, había salido del estudio y todo y sin quererlo había oído lo último que su madre había gritado. Cruzó el salón ante su estupefacto padre y lo acabó de rematar.

—Eres es un grandísimo hijo de puta y no te la mereces. No te mereces a ninguno de nosotros. ¿Dónde te has dejado el **capirote**?

Lo que más impactó al señor de Voert fue la frialdad, el hielo en los ojos de su hija al decirlo. No le pudo contestar, simplemente se sentó y se quedó allí mirando al infinito.

Rhita fue a consolar a su madre, pero lejos de estar llorando la encontró haciendo la maleta. Le dijo que no pensaba pasar ni un minuto más bajo el mismo techo que ese malnacido. No era momento de contradecirla, así que la ayudó a terminar y la llevó ella misma a la casita de la montaña. Volvió a casa, hizo su propia maleta y al pasar por delante del salón vio al que había llamado padre sentado allí, en el mismo sitio donde lo habían dejado, y marchó ella también.

Al día siguiente ni Rhita ni el señor de Voert acudieron al trabajo, a la empresa de minería y pulido de diamantes que les pertenecía desde hacía generaciones. Lo que sí llegó fue un comunicado firmado por el propio señor de Voert donde dictaba unos mínimos para la empresa a partir de ese mismo día. La junta no entendió nada, pero ya que era el presidente y tenía potestad plena acataron su dictamen sin más. De hecho, el sindicato que había estado luchando por la seguridad y derechos de sus miembros durante decenios aplaudió las medidas más que generosas que fueron impuestas por la empresa a partir de ese momento.

La empresa de Voert fue la primera en certificar por escrito que sus piedras preciosas provenían de un comercio justo y que sus empleados gozaban de todos los derechos que marcaba la ley.

A partir del uno de enero de 2015 la sociedad pasaría a manos de Margerhita de Voert como socia y presidenta de plena potestad. Sería la primera mujer al frente de una sociedad de esa índole en el país. El señor de Voert cedía un 50 por ciento de sus acciones a partes iguales a sus hijos, y el resto, hasta un 40 por ciento, debían ser distribuidas a partes iguales entre los empleados.

Con el 10 por ciento restante se debía crear una fundación que velara, entre otras cosas, por todos aquellos empleados y sus familias a quienes la empresa hubiera hecho daño en cualquier modo o forma. Una vez cubiertas estas necesidades, cualquier beneficio que pudiera quedar sería destinado a las obras benéficas que designara la señora Vimla Makheba o quien ella nombrara.

El señor de Voert no aparecía por ningún lado. De hecho, el señor de Voert había decidido tomarse el resto de sus días para hacerse perdonar, para dedicarse en cuerpo y alma a recuperar a su familia y a vivir, a vivir...

La delegada de Rhita le pasó copia del comunicado a ella, sin acabar de creerse lo que ponía. Rhita, secretaria y vocal de la junta, se apresuró a hacer lo necesario para que su padre no pudiera retractarse y que el comunicado se hiciera firme.

Una vez todo en marcha le enseñó la documentación a su madre, y esta empezó a llorar. Lo hizo en silencio, un llanto suave, lleno de tristeza y dolor.

—Mamá, nunca es tarde.

—Sí, hija, siempre hay esperanza. —Le devolvió el documento a Rhita y esta al oír el timbre salió con el papel en la mano a abrir la puerta. Era su padre; llevaba la misma ropa con la que lo habían dejado el día anterior. Estaba sin afeitar y tenía aspecto de no haber dormido tampoco. Vio el papel en la mano de su hija y asintió. Ella no hizo comentario al respecto, simplemente le dijo:

—Está en el salón. Ve con ella.

No era cuestión de estar en medio, así que salió cerrando la puerta tras de sí.

La mañana del veintitrés, los señores de Voert y su hija fletaban un avión de carga hacia Mthatha. Iban a pasar las Navidades con su hijo y su cuñada en Qunu. El señor de Voert se había tomado muy en serio su nueva forma de vida. De allí lo del avión de carga: él y su mujer habían desvalijado las tiendas de juguetes de la ciudad y llevaban miles de regalos para los niños de la fundación. Se habían puesto en contacto con la sede y habían juntado cientos de productos de lo que les habían dicho que necesitaban. Poco podían creer lo que se encontraron al llegar.

—Tsasi, ¡cuánto tiempo! Cuánto me alegro de volver a verte... —A espaldas de su padre Rhita había tenido contacto con la fundación y participaba activamente en ella.

—Mamá, te presento a Tsasi, secretario personal de Vimla.

—Tsasi, mi fantástica madre, Della.

Se abrazaron, y pasadas las cuestiones de rigor pidieron a Tsasi que las pusieran al día. Maki se había unido al grupo y todos fueron a la cocina a hacerse un café caliente y comer algo. Al rato, Tsasi y Rhita fueron a gestionar el tema de la carga que había venido en el avión. Tsasi no se había duchado, pero había cosas mucho más importantes.

Della y Maki estuvieron charlando como si se conocieran de toda la vida. Prepararon lo necesario para volver a la clínica, y mientras Maki se daba una rápida ducha y se cambiaba, Della estuvo recogiendo los platos y las tazas que acaban de usar.

Al estar listas fueron al salón a avisar de que marchaban para la clínica. No había nadie; quizás habían subido para que Georg se duchara. Lucius pasaba por la puerta y les comentó que si buscaban a los chicos de Voert, se habían ido para la clínica, que justo iba a decírselo a ellas y a Tsasi. Maki le dio las gracias y le pidió que le comentara a Tsasi que ellas también iban para allá.

Se encontraron todos allí, como si nunca hubieran estado separados. Ver a Georg junto a sus padres y su hermana le sirvió a Vimla de la mejor de las medicinas. Cuando fue a verla el doctor Schemer esa tarde, le dijo que a la mañana siguiente, si la analítica era correcta, le daría el alta. Estaría en casa por Nochebuena. Esa noche Georg se quedó con ella, mientras que los demás fueron a dormir a casa y a acabar de preparar lo necesario para los niños.

En el día de Nochebuena los análisis salieron bien. Georg y Vimla fueron para casa. Georg avisó de que iban para allá. El hogar rebosó de alegría y todo el mundo se apresuró para que todo estuviera listo para la llegada de ambos.

Georg paró frente a la puerta, y Vimla fue la primera en salir del coche. La recibió Papá Noël en persona, un Papá Noël extrañamente alto y fornido, con el típico acento sudafricano al hablar inglés. Le puso un paquete en las manos y la conminó a abrirlo. Mamá Noël, a su lado, le recordó que Vimla no debía estar de pie demasiado tiempo. Ni corto ni perezoso la cogió en brazos y la entró al patio central donde habían montado el escenario. A la voz de «ya» los niños empezaron a cantar. Era el coro más hermoso, la canción más dulce...

Papá Noël sentó a Vimla en un sillón que le habían preparado en primera fila. Le puso los pies en una banqueta al uso y se sentó a su lado, y junto a él, Mamá Noël.

Vimla miró a su alrededor. Estaban todos allí, sonreían y estaban felices de verla de vuelta. Maki la vio mirándola, le envió un beso en el aire, le guiñó un ojo y le dijo que se girara a seguir mirando al escenario.

Los niños habían terminado de cantar y el escenario había cambiado. Los Minispringbok se disponían a representar su muy particular *Cuento de Navidad*. Rhita se encargó de darle inicio. De repente, Vimla no pudo más que reír, dado que acababa de entrar el fantasma del pasado, de igual modo que Papá Noël, extrañamente alto y fornido, con el típico acento sudafricano al hablar inglés. Georg, desde el escenario le guiñó un ojo y Xoli, que se había sentado a su lado, le plantó un beso en la mejilla.

No sería esta la mejor Navidad, pero desde luego en la foto de familia ese año estarían todos, amigos y familia. Desde entonces y en adelante, esa fotografía tendría mucho color y sobre todo mucho calor, el calor de las personas que dan sin pedir nada, que dan por el placer de una sonrisa, por el simple placer de hacer el bien.

Sonríe, por favor...

Glosario

Tata: A Mandela se le considera el padre fundador de la democracia en Sudáfrica, por lo que muchas personas lo llaman, simplemente, «*Tata*» que en idioma xhosa significa padre.

Madiba: Es el nombre del clan Thembu al que pertenece Mandela. Madiba fue el nombre de un jefe thembu que, en el siglo XIX, gobernó en una región llamada Transkei, en el sureste de Sudáfrica. Llamar Madiba a Mandela es una muestra de cariño y respeto, según la Fundación Nelson Mandela.

***Shosholoza*:** Que en zulú significa ir hacia delante. Es el título de una canción tradicional sudafricana que se ha convertido en el segundo himno del país.

Xhosa: Pueblo e idioma conocido también como Isixhosa aborigen de Sudáfrica.

***Melkert*:** O tarta de leche, budín de leche condensada que no necesita horno.

Ñame: Es un tubérculo muy utilizado en la cocina *afrikaans* tanto en platos dulces como salados.

***Umphokoqo*:** Plato africano a base de harina de maíz gruesa y generalmente leche agria.

***Umsila wenkomo*:** Estofado de rabo de toro.

***Dombolos*:** Panecillos ahumados. Típicos de África.

Mercy Makhaledemele: Activista Sudafricana y oradora. Muy conocida por su época como presentadora televisiva del programa *Beat it*, que enseñaba a vivir con VIH.

Fundación Mandela: Ayuda a los niños vulnerables de África para que vayan a la escuela y obtengan una educación de calidad.

Qunu: Pequeña población de Sudáfrica en la Provincia del Cabo Oriental.

Mthatha: Es un pueblo de la Provincia Oriental del Cabo en Sudáfrica.

La mujer del predicador (The Preacher's Wife): Película protagonizada principalmente por Whitney Houston y Denzel Washington, y dirigida por Penny Marshall, típica de la época Navidad.

Capirote: Gorro alto en forma de cono que en este caso forma parte de la indumentaria del Ku Klux Klan (KKK).

ANDREA ACOSTA

{Cuento vinculado con la novela *No me dejes ser tu héroe*}

La Harley gruñía agradecida porque la montasen a pesar de la tormenta de nieve que roía hasta el tuétano de las llantas. Jesús, nevaba como si fueran a entrar en una nueva era glacial. El aire helado, cortante, le mordía las mejillas incluso a través del casco y hacía crujir las solapas de cuero de su chaqueta.

Detuvo a un lado de la carretera a la pobre Greta, como solía llamarla. Con aquel vendaval apenas controlaba la moto. Antes que pegársela y tener un accidente de cojones, prefería detenerse y ponerle las cadenas. «¿Por qué coño no lo he hecho antes?».

Ashton balanceaba la cabeza al compás de la música que sonaba. Era Navidad, las radios habían sido tomadas por las melodías navideñas de Frankie[41]. Sus dedos repiqueteaban en el volante de la pick up, y el calorcito de la calefacción exorcizaba el gélido aire del exterior...

—¡¿Qué mierda?! —exclamó en voz alta, mirando en la misma dirección en la que una moto se había detenido. Sopesó la posibilidad de pararse. El invierno en aquellos lares era una gran putada.

---

40 (In) Deja que nieve.

41 Apodo cariñoso de Frank Sinatra.

Las luces de la *pick up* que se detuvo justo delante de él le destellaron en el casco, y el guiño rojizo del intermitente le hizo erguirse frente a la rueda que estaba terminando de abrazar con la cadena.

—¡Oiga! —gritó Ashton. Al bajar de la camioneta enfundado en un grueso anorak de plumas sonó el crujir de sus botas típicamente militares sobre la nieve—. ¡No va a dejar de nevar por lo menos en lo que queda de tarde! ¡Si quiere puedo dejarle en Quantico!

—¿De lo que queda de tarde? —gritó también el motorista a través del vendaval. La situación era cómica. Debían ser al menos las seis de la tarde, y por la grisácea oscuridad el conductor de la camioneta tenía razón. Lo que le quedaba de viaje no iba a ser cómodo y mucho menos cálido si no aceptaba la invitación.

—¡Mierda, subamos la moto atrás, a la camioneta y hablemos al calor de la calefacción! —pidió Ashton a voz en grito y cuidando de que su chicle no le saliera disparado de la boca.

Se quitó el casco, aplaudiéndose mentalmente por haber asegurado la supervivencia de su cerebro con un gorrito de lana y le miró entrecerrando los ojos.

—¡De acuerdo, tiene usted razón! ¡Muchas gracias! —respondió Becky, colgándose en un antebrazo el pesado casco.

«Dios bendiga América» fue lo primero que se le vino a la cabeza a Ashton, y pese a la poca visibilidad supo que esa no era una de aquellas peculiares situaciones en las cuales un buen macho cazador, aunque demasiado pasado de copas, creía haberse hecho con una pieza de medalla y luego, llegado el amanecer, se había encontrado que en vez de un precioso ciervo lo que dormía al otro lado de la cama era una mofeta...

—¿Me ayuda? —cuestionó Becky al verle allí, alelado como un pasmarote.

—¡Sí, sí! —asintió Ashton, saliendo de su ensimismamiento a la vez que llegaba a su encuentro. Abrió la portezuela y bajó la rampa de la *pick up* mientras ella acababa de recoger el equipo de cadenas y, luego, entre ambos subieron la Harley y la aseguraron—. ¡Vamos dentro! —pidió él, yendo a la cabina con el frío cristalizándose en sus pestañas.

Becky se quitó el guante izquierdo tirando de él con los dientes y abrió la puerta de la camioneta. Se descolgó el petate de la espalda y subió a la vez que el hombre.

—Gracias, de verdad, me hace un gran favor. —Se quitó el otro guante y los metió juntos dentro del casco sobre su regazo.

—De nada. Joder… ¡qué frío! —«Un segundo…. Un condenado segundo… ¿quién ha dicho frío?». Nada más cerrar la puerta y verla sin ventisca de por medio, Ashton dejó de tener frío. Se sentía como si estuviera tomando el sol en Honolulu. Carraspeó, tendiendo su mano húmeda—. Davis, Ashton Davis, no violador ni psicópata titulado.

—White, Becky White, amante del motor y loca empedernida —respondió ella, estrechándosela. Becky, que tenía el petate entre sus piernas y el casco sobre su regazo, se quitó el gorrito de lana rosa y sacudió la rubia cabellera. Mientras lo hacía se fijó en él: rapado militar, ojos expresivos de un negro vibrante, mandíbula a prueba de puñetazos. Un tipo grandote que gritaba a leguas «¡Curtido en el ejército, muñeca!».

—Mucho gusto… Becky White. —El nombre le sonaba, le sonaba la hostia. Ashton buscó en su mente y al hallar la información sonrió, mirándola. Alta, rubia, de melena muy corta justo a la altura de las pequeñas orejas, y pese a la ropa de abrigo, él intuyó que era delgada, del estilo de mujer cuyo moldeado cuerpo tenía la elegancia de los felinos.

—Vaya, muy apropiado —comentó. divertida al oír el final de *Let it snow*[42] sonando en la radio. El olor de grosella negra proveniente del ambientador de Yankee candle le despertó el olfato antes anestesiado por el frío—. Me dijeron que nevaba, pero no tanto, es una jodida locura.

—Por aquí nos tomamos el invierno muy en serio —rio Ashton, quitándose el *anorak* para quedar en jersey de cuello vuelto—. Muy, muy en serio —enfatizó, al tiempo que cruzaba el cinturón de seguridad por su pecho.

Y de nuevo la camioneta en ruta. A los lados de la carretera los árboles soportaban estoicos el cruel viento, manteniéndose firmes e imbatibles.

—No lo dudo… —se mofó Becky, volviendo la cabeza para mirar de frente al hombre en el asiento del piloto, asiento que de un modo u otro siempre solía ocupar ella, fuera en un **F-15E Strike Eagle** o en su Harley, y no como ahora en una Chevrolet Silverado del 93. Bien, la experiencia de ir de copiloto tampoco podía ser tan terrible. «Solo relájate y déjate llevar».

Ashton subió la calefacción. Oía el ligero castañeteo de la mujer.

---

42 ♫ Canción escrita por el letrista Sammy Cahn y el compositor Jule Styne y multiversionada.

—¿Quiere cubrirse con mi chaqueta? —Ante la negativa de ella, sonrió, oscilando ligeramente la cabeza. «Chica dura»—. ¿Puedo hacerle una pregunta?

—Por supuesto. —Ella frotó sus manos entre sí, obligando a la circulación a volver a regar sus dedos y dejar de tener aquella sensación de continuo hormigueo. Becky desvió su mirada para fijarla en la acreditación militar de *parking* sobre el salpicadero.

—¿A quién se le ocurre moverse en moto con este tiempo?

—Antes le he dicho que yo era una amante del motor y también una loca empedernida. —Sus terminaciones nerviosas estaban reaccionando, notaba al fin las yemas de sus dedos. Becky puso los ojos en blanco de manera cómica—, y ahora debo añadir que no tenía ni idea de que aquí hacía este tiempo del demonio.

—¿Y de dónde viene? ¿De Chihuahua, para no conocer el jodido clima de Virginia? —soltó Ashton, volviendo a mascar el chicle que desde que la rescatara había tenido escondido tras una muela.

—No, señor Davis, vengo de Las Vegas y, créame, nuestros inviernos son fríos y ventosos, pero esto... —Sin tener que pegar la nariz al vidrio de la ventanilla y mirar el gélido paisaje Becky acabó la frase—: Mierda, esto es radical.

—De la ciudad del pecado. Ya... —«Eso explica muchas cosas».   El petate, el sonido ahogado de las **chapas de identificación** bajo la chaqueta, el corte de pelo e incluso la manera de sentarse le indicaban que ella pertenecía al ejército. No obstante, Ashton ahora comprobaría si la Becky White que iba sentada a su lado era la misma que él creía.

—O también comúnmente llamada la ciudad del entretenimiento mundial o la capital de las segundas oportunidades. ¿Nunca ha estado de visita? —le preguntó ella al aflojar su cinturón de seguridad y doblarse para abrir el petate y sacar la cartera, pues iban a cruzar por debajo del enorme letrero que rezaba:

QUANTICO, CROSSROADS OF THE MARINE CORPS[43]

Para acceder al pueblo formado básicamente por la base militar, todo el mundo debía pasar por ese único punto de entrada. Este era custodiado por el ejército y solo se permitía el acceso a quien estaba debidamente autorizado. Una vez comprobada la **ID** y concedido el

---

43 (In) Quantico, cruce de caminos del Cuerpo de Marines.

paso no quedaba más que conducir hasta el corazón de Quantico bendecido por el rio **Potomac**.

—No, señora White, nunca he estado en Las Vegas —respondió Ashton tras saludar a los chicos de la entrada y detener el vehículo como indicaban las normas.

—Buenas tardes, mayor. —McFarland se colocó al lado de la *pick up* y antes de ir a pedirle la documentación a la mujer que acompañaba al mayor, ella se la entregó. McFarland echó un vistazo y asintió devolviéndosela—. Gracias, capitán White —dijo, cuadrándose y saludándoles como era de rigor.

—¿Visita familiar? —le preguntó Ashton a Becky, poniéndose en marcha con una extraña sonrisa pintada en los labios.

—Trabajo —contestó Becky al guardar la documentación en la cartera y seguidamente en el petate—. Mañana debo presentarme en **MCAF**. Le agradecería que me dejara en **IPAC** —pidió sin poder evitar clavar la mirada en la majestuosa réplica del **Iwo Jima Memorial** dándoles la bienvenida.

—¿Mañana? —comentó Ashton al parar en el semáforo en rojo.

—Sí, mañana por la mañana. En teoría tenía previsto llegar antes de las cuatro, pero entre una cosa y otra —suspiró, señalándose —... aquí estoy, a esta hora —masculló con un escalofrío.

—Helada —resolvió él, subiendo más la calefacción. Agitó la mano izquierda, disculpándose con el conductor justo detrás. Sí, Ashton estaba tan pendiente de ella que no se había dado cuenta de que el semáforo ya estaba en verde—. En cinco minutos nos plantamos en casa de mis padres. Si le parece, hacemos una parada allí, se toma una taza de ***mulled wine*** y después, que seguramente habrá amainado la tormenta, la dejo en IPAC, aunque no creo que vayan a proporcionarle alojamiento alguno allí.

—Gracias —respondió con el calorcito devolviéndole el color a las mejillas. Luego empujó la manga de su chaqueta y la del jersey para mirar la hora en su reloj de pulsera—. Mierda, entonces dígame dónde puedo encontrar un hotel. No quiero molestar, usted ya ha hecho bastante recogiéndome, mayor.

—Tranquila, no es molestia. —Ashton reparó en que la voz de la mujer iba normalizándose, volviéndose más cálida a medida que sus manos estaban menos agarrotadas y sus pómulos se ruborizaban.

—Con que me deje en la puerta de un hostal u hotel será suficiente, mayor Davis —aseguró Becky, estudiando la cabina de la camioneta: ni un papelito o un vaso de refresco ni tan solo el envoltorio de un chicle o chocolatina. Estaba impecable. «Igualito que él»—. Podré apañármelas hasta mañana.

—Le seré sincero, White, hace rato que tenía que haber llegado, y si no me presento con una buena excusa mi querida madre, que padece el síndrome de **Martha Stewart**, no dejará de avasallarme a preguntas y como ya le he dicho... —Un giro de volante y luego todo recto. Ashton la miró solfeando divertido—: Es Navidad.

—Hoy es veintidós de diciembre, mayor —puntualizó Becky, tratando de no reírse.

—No me diga que... —empezó a decir Ashton, alargando la blanca sonrisa en los labios—. ¿Es usted de las que no consideran que es Navidad salvo el mismo veinticinco de diciembre?

—Dejémoslo en que no soy fan de la tarde de *Cuento de Navidad* en la televisión por cable y palomitas junto a la chimenea —admitió, chistosa, apoyando la cabeza en el mullido material del asiento. Pese a la cómoda posición, Becky se ladeó mirándole para puntualizar a mano alzada—: ¡Ah! y tampoco me van nada esos disfraces porno de Mamá Santa.

—¿De verdad? ¡Oh vamos, los disfraces de Mamá Santa son lo mejor de la Navidad! —exclamó Ashton, acabando con una carcajada.

—Claro... ¿y ahora quiere que le cante *Winter Wonderland*♫[44], mayor Davis? ¿...O debería llamarle *Father Christmas*[45]? —fanfarroneó Becky, que ya no tenía frío pero sospechaba haber pillado una buena galipandria.

—Vamos, White... ¿dónde ha dejado usted su espíritu navideño? —rio conteniéndose para no mirarla, pero no, «¡Maldita sea!», no pudo evitar mirarla y se tragó el chicle, ¡sin querer!, pero se lo tragó—. Lamentablemente y como premio a mi buena obra va a acompañarme a casa de mis padres a tomarse un mulled wine o quizás un tazón de *eggnog* bien cargado de *whisky* —carraspeó Ashton, teniendo claro que él sí iba a emborrachar su ponche. «Por lo menos evitarás empalmarte, mayor».

—Querrá decir, mayor, que va a obligarme a acompañarle y así pavonearse de haberme rescatado de una terrible tormenta de nieve —especificó Becky, cayendo en que los pocos segundos que tenían contacto visual eran demasiado intensos como para tomarlo a broma. Sin embargo no se impuso su tan bien aprendido y llamado

---

44 ♫ Canción de Richard B. Smith y Felix Bernard y multiversionada.

45 (In) Padre Navidad, Santa Claus, Papá Noel.

autocontrol.

—White, todos me creerán. Usted tiene toda la pinta de una damisela en apuros —rio Ashton, recorriendo el camino de lámparas con forma de **candy canes** que conducían a la casa. Una edificación grande y robusta, típicamente de madera. Sobre la gruesa capa de nieve del tejado había aterrizado una nave nodriza extraterrestre.

—Empiezo a entender lo del síndrome de Martha Stewart... —susurró Becky, mirando por la ventanilla. «Para toda esa iluminación deben necesitar un generador eléctrico aparte».

—Y todavía no ha visto nada, White... —apuntó Ashton, mirando en la misma dirección que ella. El coronel debe tener en el taller alguna lona para tapar la moto —le dijo, apagando el motor y quitándose el cinturón.

—¿El coronel? —Hacía milenios que ella había llegado a la conclusión de que Ashton era militar y no solo por la acreditación de parking o el rango desvelado en la entrada. Él destilaba ejército y precisamente por eso ella había accedido a acompañarle, pues a fin de cuentas ambos servían al país. No obstante, aquel apellido tan manido en Estados Unidos y ligado con la localización en la que se encontraban le hizo preguntarse si de verdad el mayor Ashton Davis era hijo de... —¿Se refiere usted al coronel Roger Davis?

—Sí, ese es el nombre de mi padre, aunque desde que tengo uso de razón le llamo coronel, a secas —explicó Ashton, encogiéndose de hombros, divertido—. ¿Qué me dice, White...?, ¿nos adentramos en el Polo Norte?

—Por mucho que quiera, mayor, no conseguirá contagiarme su espíritu navideño —advirtió Becky al quitarse el cinturón y coger petate, casco y gorrito.

—¿Es una apuesta?

Se puso el *anorak* y sacó las llaves del contacto haciéndolas saltar en su palma.

—Es un hecho.

Abrió la puerta y saltó fuera. Becky cargó el petate a su espalda y se reunió con Ashton al otro lado de la *pick up* bajo la interminable nevada.

Ashton caminó junto a ella hasta el porche engalanado con guirnaldas de abeto natural. La bandera de estrellas y barras en el poste del blanco jardín se agitaba furibunda con la ventisca helada. Él llamó al timbre, apoyándose en la pared con la vista puesta sobre la corona de manzanas rojas y ramas de pino que colgaba en el centro de la puerta.

Becky giró la cabeza hacia el hombre al oír la melodía de *Baby please come home*♫[46] sonando a modo de timbre. La puerta se abrió y el aroma a chimenea y ***fruitcake*** emanó del interior. La señora de la casa, vestida con jersey de lana roja y detalles de copos de nieve y renos, se les quedó mirando.

—¡No te emociones! —avisó Ashton antes de que su madre gritara extasiada—, no es lo que tú piensas... —Invitó a pasar a Becky y las presentó—: White, esta es mi madre, Kresley Davis, y sí, **Toyland** existe y ahora mismo usted está justo allí —asintió Ashton, cerrando la puerta pero sin quitarse el anorak.

—¡Por el amor de Dios, Ashton, deja de decir tonterías! —replicó Kresley mientras saludaba a Becky como si de una nuera se tratara. «No se debe perder nunca la esperanza»—. Menuda tormenta cielo, estás helada.

—Encantada, señora —sonrió Becky tras los dos besos en sus mejillas, como si tal cosa. Se quedó con las manos vacías al Kresley quitarle el casco y arreglárselas para quitarle también el petate y dejarlo todo sobre uno de los sofás de la gran sala. Becky levantó la cabeza y parpadeó sin creerse del todo que un tren de juguete estuviera circulando por las vigas de madera del techo. El impresionante abeto de Navidad, abarrotado de bolas doradas y lazos rojos, los cojines, las cortinas, todo lo que su vista alcanzaba a ver parecía salido de una revista de decoración navideña.

—Vamos, querida, quítate la chaqueta —animó Kresley batiendo palmas—. ¡Roger! —llamó al coger la pesada, pesadísima chaqueta de cuero de Becky para girar sobre sus zapatillas de pingüinos y colgar la chaqueta en el perchero al lado de la puerta.

El famoso coronel Roger Davis estaba sentado en su viejo sillón favorito, tapado con una manta a rayas negras y rojas y con el mando de la televisión en la mano. Giró la canosa cabeza para mirarles y se puso en pie.

—Coronel, ella es la capitán Becky Davis. La he encontrado bajo la tormenta —explicó Ashton de manera escueta a su padre.

—¿Davis? —preguntó el coronel, alternando la mirada entre su hijo y la mujer.

—Sí, señor —asintió Becky sin poder evitar cuadrarse y saludarle militarmente.

---

46 ♫ Canción rock multiversionada escrita por Jeff Barry, Ellie Greenwich y Phil Spector.

—He oído hablar mucho de usted, capitán —sonrió Roger al ofrecerle la mano.

—Lo mismo digo coronel, es un honor.

Becky descansó y aceptó la mano, la cual estrechó.

—¿Ca... pi.. tán? —tartamudeó Kresley, llevándose las manos al pecho—. ¡Jesús!, ¿tú también? —lamentó sin apartar la mirada de la mujer que estaba en su recibidor. El petate sobre su sofá y las placas de identificación al descubierto al Becky quitarse la chaqueta respondieron a su pregunta.

Becky rio, mirándola, y dijo que sí con la cabeza al tiempo que dentelleaba su labio inferior para no carcajear. «¡Ni que a la buena mujer le hayan dicho que soy lesbiana y que no estoy interesada en tener nada con su hijo, el mayor!». No, Becky no se ajustaba a la famosa expresión ***Don't ask, don't tell***[47]. Ella se dio cuenta de lo que acababa de pensar y miró a Ashton a su lado... «¿Seguro que no estás nada interesada, capitán White?».

—Con lo bonita que eres, ¿no te gustaría casarte y formar una familia? —masculló Kresley con los ojos brillantes y repletos de esperanza por oír un sí por parte de Becky.

—Mamá, ¿desde cuándo una mujer militar no puede hacer eso? —interpeló Ashton a su madre.

—Es que... es que... —trastabilló Kresley, señalando a Becky—, ¿cómo es eso que decís...?

—***You're really pretty for being in the army***[48] —Ashton se adelantó a lo que iba a decir su madre. Miró a Becky a su lado, pues no quería que ella lo tomara como un insulto.

Becky le devolvió la mirada y sonrió sin ofenderse. No solo por haber oído eso en un par de ocasiones, sino porque sabía que él no lo había dicho con mala fe. «Viniendo de otro te hubiese roto las pelotas que no tienes. ¿Qué coño te pasa, White?».

—Perdón —se disculpó Ashton al tiempo que dejaba a Becky con su madre. Fue a preguntarle a su padre por la lona. Este le indicó que buscara en el taller, pero Ashton se quedó mirando a Becky.

—Mayor, ¿no ibas a por la lona? —comentó el coronel, cruzándose de brazos para mirar a su hijo que estaba jodidamente embobado.

—A eso voy —sopló Ashton, cerrándose el anorak. Al darse cuenta maldijo volviendo a bajar la cremallera, el taller estaba dentro de la

---

47 (In) No preguntes, no digas. Ver glosario.

48 (In) Eres realmente bonita para estar en el ejército. Ver glosario.

casa, hacía calor y no necesitaba cerrarse la chaqueta. «Gilipollas...».

—Y dime, cariño, ¿qué hacías bajo la tormenta?

Kresley asió a Becky por una mano y la invitó a sentarse en uno de los sofás.

—¿Bajo la tormenta? —preguntó el coronel volviendo a su cómoda posición en su asiento, aunque esta vez no se tapó.

—Sí, señor, venía de camino y... —empezó a relatar Becky cuando una invasión femenina incurrió en el salón pillándola *In the trenches!*[49] —¡Mamaaaaaá! —gritaron Rosie, la pequeña de las mellizas, y Ruth, la mayor. Mellizas pero completamente distintas, tanto en apariencia como en carácter. Ambas corrieron por el salón hasta detenerse ante su madre sin reparar en la visita.

—¿Qué pasa? —preguntó Kresley, mirando a las niñas.

—¡Rachel le ha quitado al señor Whiskers el jersey! —protestó Rosie, hinchando los carrillos para acentuar un tanto más su enfado.

—¿Y eso por qué? —cuestionó la matriarca ante las dos indignadas.

—Porque es una crueldad, seguro que sale en la **Convención de Ginebra** —contestó Rachel entrada en la adolescencia y con el señor Whiskers en brazos, un gato viejo y atigrado.

—Claro que sí, nena —asintió el coronel llamando de aquel modo a Rachel, que se sentó sobre sus rodillas.

—¡Señor Whiskers! —voceó Rosie, corriendo tras el pobre animal al que Rachel acababa de dejar en el suelo.

—¿Dónde está el jersey? —preguntó Ruth a Rachel, refiriéndose a aquel jersey que mamá le había hecho al minino la Navidad anterior.

—Eso es alto secreto —contestó Rachel haciendo reír a su padre.

—No la achuches tanto, Roger Davis, esa niña es capaz de hacerse abogada militar para ponerse a defender a presos de guerra y matarte a disgustos —advirtió Kresley, sabiendo que su hija era muy capaz de haber quemado el jersey en el jardín «para defender los derechos del gato...».

—Mamá, si me hago abogada defenderé a nuestros militares, no a los contrarios —aclaró Rachel con retintín, como si su madre no se enterara de nada. Que su hermana mayor, Rhonda, se hubiera ido a esquiar a **Aspen** dejándola ahí sola con las «mocosas» y un hermano «metementodo» como Rick y otro que aparecía de vez en cuando, la tenía realmente enfadada. El único que la comprendía era... —. ¡Papá! —exclamó, colgándose del cuello de este.

---

49 (In) ¡En las trincheras!

El coronel rio, acariciando la espalda de Rachel y miró a Becky sin decir nada y sin moverse del sofá.

—Como sea —aireó Kresley.

Rosie había ido a por el señor Whiskers y a Ruth y Rachel que seguían en el salón les dijo:

—Ahora arriba, que estamos hablando los mayores.

—¿Los mayor...?

El coronel le tapó la boca a Rachel para que dejara de protestar por todo lo que decía su madre y la hizo levantarse.

—¿No me habéis oído? —regañó Kresley a las niñas, que ahora sí se habían fijado en Becky y estaban muy interesadas en ella—. Luego la conocéis, venga.

Las chicas se marcharon ante el gesto más que conocido de su padre dejándoles de nuevo solos en el salón.

—Decías, querida... —suspiró Kresley, mirando a Becky.

—Su hijo me ha encontrado en la carretera, liada poniendo las cadenas de nieve a mi moto. Ha tenido la amabilidad de subirme a mí y a la moto a su camioneta y aquí estoy —explicó Becky, iluminada por el fuego que ardía en la chimenea.

Mientras, Ashton, en el taller había encontrado la lona e iba a salir de allí para encaminarse al salón y de este a la camioneta.

—¿Dónde mierda te habías metido, colega? —preguntó Rick en la puerta. La sudadera de **Go Army!**[50] le iba grande, muy grande, algo de esperar en un chico de veintidós años que estaba como loco por muscular para poder pavonearse con los compañeros de armas.

—De rescate —le respondió Ashton, dándole una colleja al pasar a su lado —. Ven a ayudarme.

Ashton y Rick llegaron al salón y vieron al coronel echado en su sillón mirando la tele, pero no había rastro de mujeres. Ashton y su hermano salieron a proteger la Harley con la lona. Volvieron a entrar en casa entre resoplidos y sacudiéndose la nieve de encima.

—De rescate, ¿eh? —sonrió Rick al oír la voz de la dueña de la moto, y dándole a Ashton una palmada en el hombro fue a verla a la cocina. «Joder con la dama en apuros», pensó tendiéndole la mano a Becky—. Rick Davis.

Becky le saludó, dejando su taza de vino caliente sobre el mármol de la cocina. Mientras Rick le hablaba y sin darse cuenta ladeó ligeramente la cabeza y sus ojos claros se encontraron con

---

50 (In) ¡Alístate! Ver glosario.

los oscuros de Ashton.

Él la miraba desde la distancia del salón a la cocina. El cabello corto y rubio, de aquel tono propio de las mazorcas de maíz en el mes de octubre. La composición armónica de las preciosas facciones... Ashton no movía ni un músculo, de hecho, ni parpadeaba, estaba demasiado ensimismado mirándola para hacerlo.

—¿Es una Harley Davidson FXWG Wide Glide del...

—Noventa y cuatro —dijo Becky, interrumpiendo a Rick. Ashton era todo lo que ella desearía en un hombre si estuviera dispuesta a tener una relación sentimental... «¿Le conoces hace cuánto? ¡Vamos, White se te ha metido nieve en el cerebro!».

—Becky se queda a cenar —anunció Kresley, interponiéndose entre la visión «celestial» de su hijo Ashton al salir de la cocina.

—Muy bien —contestó él en un carraspeo, pasando las manos por su rapada cabeza como si nada ocurriera, como si el latir acelerado de su corazón fuera algo habitual, al igual que el extraño hormigueo que le cosquilleaba la boca del estómago.

—Veo que no tengo nada que hacer... —tosió Rick mirando a la mujer y luego donde ella miraba, a Ashton. Se metió las manos en los bolsillos de los pantalones deportivos y fue a la nevera—. Por lo menos la cerveza no me dará calabazas por el capullo de mi hermano —rezongó.

—Ashton —llamó Kresley, sacando el mantel y las servilletas de un cajón del mueble de la cristalería del salón—. Pídele ropa a tu hermano y cámbiate.

—No, después de cenar tengo que llevarla al hotel de Creek.

En diciembre el hotel nunca estaba lleno y era el mejor sitio donde quedarse en Quantico. La dejaría allí tras la cena. «Sí, la dejarás ahí y te largarás, no la llevarás a casa y le ofrecerás caballeroso tu cama... ¡Capullo!». Ashton recordó algo que le ayudaría a... «¿no empalmarte, mayor?»—. Mamá, ¿hay *eggnog*?

—Nada de hotel, en esta casa hay dos habitaciones de sobra —explicó Kresley, estirando el mantel sobre la mesa—. ¿*Eggnog*? Pues no, cariño, se lo acabó tu padre esta tarde.

—Mamá, ¿le has preguntado a ella? —interpeló Ashton ajustando el mantel por su lado y resopló—: ¿Y el *whisky* también se lo ha acabado?

—No, no se lo he preguntado a Becky —respondió Kresley, alegre, acariciando el mantel dispuesto sobre la mesa. Le dio la mitad de las servilletas a Ashton y alzó las cejas preguntándole—: ¿Desde cuándo le gusta el *whisky* a tu padre?

—Era una jodida pregunta retórica, mamá —mascó Ashton, tirando en el lugar adecuado las servilletas como si fueran dardos—…y antes de decidir por tu cuenta, deberías consultar qué tal le parece a ella que quieras encasquetarla a dormir aquí.

Kresley, que hacía rato que se había puesto su delantal de flecos que no conjuntaba en absoluto con el resto de su atuendo, marchó a la cocina, y parándose delante de Becky, que a su vez se estaba terminando el vino, le dijo:

—Cariño, con este tiempo no vas a ningún sitio y aquí me sobra un dormitorio, aunque si prefieres puedes dormir en la habitación de mi hija mayor, pero —Kresley miró el techo como si con sus rayos supersónicos de madre pudiera ver la «pocilga» de su hija —… solo Dios sabe qué hay ahí.

Becky negó rotundamente.

—De verdad que no puedo hacerlo; ya han hecho más que suficiente y se lo agradezco pero no, no puedo aceptarlo.

La sombra del coronel engulló la luz del suelo de la entrada de la cocina.

—Tómelo como una orden de un superior, capitán White. —Entró en la estancia y ladeó la canosa cabeza para mirar a Ashton—. O de… dos superiores.

—Está bien. —No le quedó más remedio que aceptar. Becky cogió los platos que Kresley sacó del estante y fue a ponerlos en la mesa, aunque antes de encaminarse a esta repitió:

—Gracias.

—Voy a cambiarme —avisó Ashton, cruzando la mirada con su padre y con Rick que se acababa la cerveza recostado en la nevera.

—¡Ashton, Ashton! —gritaron Ruth y Rosie al correr salón a través y saltar sobre su hermano.

—¡Eh, eh!

Él levantó las manos al aire como si dos **Gremlins** estuvieran encañonándole con un **M4**.

—Voy a cambiarme y ahora mismo vuelvo —dijo Ashton a las niñas—. ¡Te pillo una sudadera! —le soltó a Rick, pues él ya no tenía ropa allí; es más, su antiguo dormitorio ahora era el cuarto «de las cosas de mamá».

—¡Colega, la quiero de vuelta y limpia! —amenazó Rick, corriendo para asomarse por la puerta de la cocina entre la multitud femenina—. ¿Os queréis estar quietas? —protestó refiriéndose a aquellas dos «tocahuevos».

—¡Vamos, Rick, no jodas, yo por lo menos la lleno! —chinchó Ashton antes de trotar escaleras arriba, al piso donde se encontraban los dormitorios, exceptuando el de invitados que estaba en la misma planta que la cocina, el aseo, el salón y el taller.

—¡Mamá! —clamó Rick, mirando a su madre.

—Te la devolverá, cariño, no te preocupes. Ashton te devolverá la sudadera —abogó Kresley, dándole a las niñas la mantequilla, las salsas y la botella de leche para que lo llevaran todo a la mesa.

Becky trató de no reír al ver a Rick despotricar como un crío, pero a fin de cuentas aún no era un hombre del todo, y tanta mujer junta debía desquiciar a cualquiera. Caminó tras las mellizas y colocó los platos sobre la mesa vestida de algodón blanco.

El coronel cogió a Rick por el cogote y se lo llevó al salón, lo sentó en el sofá y le hizo la honorable entrega del mando a distancia. Por el momento eso iba a consolarle.

Ashton se quitó el jersey en el dormitorio de Rick, sacó una sudadera del armario y se la puso. No le iba pequeña, pero sí un poco justa. Pasó las placas por dentro de la sudadera y las dejó caer contra su pecho.

—Es muy guapa. Si Rhonda estuviera aquí diría lo mismo —silbó Rachel, quitándose los cascos de su *walkman* al ver a Ashton salir del dormitorio de Rick y tirar el *jersey* a la cesta de la ropa sucia del baño—, pero como se ha ido a esquiar con las tontas de sus amigas se lo está perdiendo...

—Capto cierto... ¿rencor? —sonrió Ashton, levantando un brazo para que Rachel se refugiara debajo y al hacerlo lo bajó para abrazarla a su cuerpo—. Y sí, es bastante guapa.

—Mentiroso de mierda... es muy guapa —masculló Rachel, encaramándose a él.

—Rachel... —la amonestó por ese «mentiroso de mierda». Ashton caminó con esta pegada a él como un koala—. Vale, sí, es muy guapa, ¿contenta?

Ashton y Rachel llegaron a mesa puesta. Ruth y Rosie se peleaban por la misma servilleta. Rick, al que sin saberlo pronto llamarían de una manera muy distinta, le estaba enseñando a Becky su nueva cicatriz de guerra adquirida en su último entrenamiento. Y el coronel, en la cocina, seguía las directrices de su mujer para llevar lo que quedaba por poner.

—¿A qué esperáis? —animó Kresley, dejando la bandeja del asado en la mesa. Apuntó a Ashton para que se sentara justo enfrente de Becky «solo porque era el sitio libre al no estar Rhonda». A su lado, Rachel y... sus cascos.

Una vez todos sentados y tras unir sus manos y bendecir la mesa, los cuencos de guisantes, ensalada de patata, fuentes de mazorcas de maíz glaseadas con mantequilla y cestos de **cornbread** circularon entre los comensales.

—¿Y a qué has venido a Quantico, Becky? —no tardó en preguntar Kresley, pinchando con el tenedor su porción de asado antes de empezar a serrar la carne con el cuchillo.

—Mañana a las ocho de la mañana debo presentarme en MCAF. Desconozco el motivo por el cual me han hecho llamar, pero han trasladado toda mi vida de **Nellis Air Force Base** aquí, así que queda bastante claro que no va a ser una simple visita de cortesía —explicó ella para luego dar un sorbo al **apple cider** que se estaba calentando en la acristalada tripa de su vaso.

—Tienes vagina... —masculló Rachel y levantó la vista del plato para mirar a Becky.

—¡Rachel! —exclamó Kresley a punto de atragantarse con el forzado trago de sidra.

—Muy aguda... —sonrió Becky, mirando a Rachel.

—¿De verdad eres piloto? —No, esa no era la pregunta que Rachel quería hacerle. Sabía que había mujeres piloto—. Quiero decir, a nosotras no se nos deja pilotar en condiciones de combate. ¿Es verdad que tú eres la primera mujer en la lista que podrá hacerlo si llega el caso?

—Rachel Davis... ¿de dónde has sacado eso? —increpó Kresley, a punto de mandar ella misma a su hija directa al dormitorio, pues el bueno del coronel ni se había inmutado.

—Se lo oí a papá —respondió Rachel como si nada, pues no era ningún secreto ni en casa ni en Quantico, y aquel asunto llevaba semanas trayendo cola. Para muchos, incluidos varios de los padres de sus amigas del instituto, que una mujer, la capitán Becky Davis, tuviera la posibilidad de entrar en combate no era plato de buen gusto. Rachel la observó, allí, ahora mismo sentada a la mesa de sus padres compartiendo con ella el famoso asado de su madre.

Becky dejó los cubiertos a los lados de su plato, tomó aire y entrecerró los ojos unos segundos.

—Eso me han dicho, aunque como bien sabes y acabas de decir, las mujeres no estamos autorizadas a entrar en combate, así que es tan solo una posibilidad muy remota.

—Pero es una posibilidad —apuntó Ashton, haciendo énfasis en ello. Él mismo no tenía claro si esa bien llamada posibilidad era algo «bueno». Aún recordaba a sus tres compañeras de pelotón cuando se alistó hacía ya la friolera de casi doce años. Jamás se había planteado la posibilidad de tener a una mujer al lado que pudiera tener a la muerte soplándole en la nuca como a él y aún mirando a Becky seguía sin saber si aquello le parecía bien, si era bueno que ellas corrieran o no el riesgo de morir como ellos por la única condición de ser mujeres.

—Sí —asintió Becky, recogiendo la servilleta de su regazo. La levantó hasta apoyarla en la mesa. Acarició los *robins*[51] bordados en el suave mantel y alzó la rubia cabeza para preguntar:

— Rachel, ¿sabes quién fue **Annie G. Fox**?

—Sí, fue la primera mujer que recibió un **Purple Heart** —respondió Rachel tan interesada en la conversación que apagó su *walkman*.

—Por mujeres como ella presioné a mis padres a que me alistaran cuando cumplí diecisiete años —sonrió Becky para añadir irónica—: Me hubiese gustado graduarme en **West Point**, pero no es demasiado fácil entrar...

Excepto las más pequeñas y Kresley, todos rieron por el comentario.

—Cariño, ¿quieres morir en combate? —preguntó Kresley detrás de la servilleta y más pálida que el mantel.

—Si eso debo hacer para defender a mi país, por supuesto —asintió Becky, mirando a la señora Davis—. Discúlpeme, pero ¿acaso su marido no se arriesgó a eso en el **Líbano**?

—Querida, no es lo mismo. Tú eres una mujer —determinó Kresley como si aquello no fuera obvio. Dejó la servilleta en la mesa y cogió sus cubiertos apretando con fuerza los mangos de los mismos.

—Ante todo soy militar, señora Davis —puntualizó Becky sin dejar de mirarla a pesar de creer que esta iba a desmayarse de un instante a otro—. ¿Y qué es lo que hace diferente que sea una mujer a un hombre?

—Yo siempre he pensado que hay tías que tienen más pelotas que muchos de los hijos de puta que van marcando paquete y galones —admitió Rick, masticando un buen pedazo de *cornbread*.

—¡Rick, por favor! —prorrumpió Kresley, soltando los cubiertos y abanicándose con la servilleta.

---

51 (In) Petirrojos.

—Vamos, mamá, esta conversación te molesta más o tanto como que yo vaya a ser *ranger* como el capullo de Ashton —habló Rick, sacando otro pedazo de *cornbread* de la cesta—. Que consiguieras que Rhonda no entrara a formar parte del ejército como enfermera no implica que puedas impedirme a mí ser lo que llevo deseando desde que tengo memoria.

—Primero ve a **Fort Benning** y después... —comenzó a decir Kresley para zanjar la conversación.

—¿Qué, mamá? ¿Después de haberlo conseguido me lo echarás en cara? —acusó Rick para señalar a Becky—. ¿No puedes entender que una tía quiera tener los mismos derechos que los que tuvimos el coronel, Ashton o yo?

Becky no había imaginado que la conversación pudiera tomar ese cariz y la verdad era que se sintió mal por ello.

—Pásame la mantequilla, anda —pidió Ashton a Rick para que dejara el tema.

—Entonces... si ocurriera algo, ¿te enviarían a combate? —no se resistió Rachel a preguntarle a Becky, a pesar de la intervención de Ashton por zanjar el tema.

—Llegado el caso... así lo espero.

Becky miró a Kresley, jugando con el tenedor sobre una rodaja de zanahoria del estofado y la mano del coronel encima de su otra mano, inmóvil.

—Cojonudo —asintió Rick con una gran sonrisa que denotaba sinceridad.

—Creo que no es justo que una mujer deba demostrar que a pesar de ser mujer puede hacer lo mismo que un hombre o incluso mejor para que la dejen ejercer su función militar —razonó Rachel, bebiendo el contenido entero de su vaso. Se lamió el labio superior manchado del fantasma blanco de la leche—. O cualquier otro oficio, pero es que el ejército está lleno de machistas —se escuchó hablar y saltó en el asiento para corregir—: Bueno, papá no cuenta.

—Gracias, nena. —El coronel le guiñó el ojo a Rachel a la vez que apretaba la mano de su mujer sobre la mesa.

La conversación volvió a ser fluida y sin reproches, cosa que todos agradecieron, y quizás el clima también, pues conforme avanzaba la cena la tormenta de nieve iba amainando.

Ashton estaba mirando de nuevo a Becky, la estaba memorizando. La pequeña cicatriz en el lado derecho del mentón, el cambiante color de sus ojos, las placas colgando del cuello.

—Colega... —chistó Rick para traerlo de vuelta de la ensoñación.

Ashton sacudió la cabeza y parpadeó mirando a su hermano.

—¿Qué? —dijo al mirar este a su padre y ahora mirarle ambos—. ¿Qué pasa?

El coronel escondió la sonrisa tras el último sorbo de sidra y le dio una suave colleja a Rick para que dejara de reírse.

Kresley se puso en pie retirando el plato de Becky y sonrió, cogiendo la cesta vacía de pan.

—Ashton te llevará mañana a... —no recordaba dónde tenía que ir Becky así que dijo—: Donde tengas que ir. De todas formas, él tiene que presentarse.

Lo que su madre no había dicho era que él tenía que presentarse en **AFOSI** a las once en punto, cero horas y Becky debía estar a las ocho punto, cero horas en MCAF. Sin embargo, a Ashton no le importaba llevarla.

—En ese caso, mañana puedo ir con la moto —advirtió Becky todavía sin comprender cómo había sido capaz de acabarse todo lo que le habían puesto en el plato.

—No, no, estaré encantado de ser su chófer, señorita. —Ashton la miró y asintió ignorando al capullo de Rick.

—¿Con la moto? —sonrió Rick cruzándose de brazos y echándose hacia atrás en la silla—. Con la que ha caído es mucho más seguro ir en la camioneta, por mucho que el chófer sea el imbécil de Ashton Davis.

—No provoques. —El coronel le propinó una nueva colleja a Rick. Recogió su plato y su copa y le chistó—: Ayuda.

—Joder, aquí todo el mundo dando por saco —protestó Rick, poniéndose en pie al igual que el resto, salvo Ashton y Becky. Él, empujado por su padre se encaminó a la cocina.

—No lo haga, a mi mujer no le gustaría —apuntó el coronel ante el segundo ademán de levantarse de Becky.

—Sí, señor —suspiró ella, quedándose a solas con las migas en el mantel y... Ashton, sentado frente a ella—. Gracias de nuevo, buscaré la manera de compensarle, mayor.

Él sonrió, mirándola.

—Una manera de hacerlo sería no hablarme de usted en lo que queda de noche. Mañana, vestidos con nuestros respectivos uniformes, olvidamos el tuteo y volvemos a ser la capitán White y el mayor Davis —aseveró Ashton, desviando la mirada a las chapas del cuello de la mujer.

Becky encaramó la mano derecha a su pecho, apretó bajo la palma el metal de sus placas, y aceptó.

—Hecho —dijo, y así consiguió que Ashton volviera a mirarla a los ojos.

El postre compuesto de *vanilla custard*[52] y *christmas fruitcake* y la sobremesa no duraron mucho. El coronel cargó con las mellizas medio dormidas y Rick aupó a Rachel sobre su espalda y también la llevó a la cama. Kresley y Becky cargaron el lavavajillas y después Kresley le enseñó a Becky la habitación de invitados e hicieron la cama.

—Aquí tienes toallas y un pijama de Rhonda, creo que más o menos te irá. —Kresley se lo entregó todo y miró el dormitorio tras Becky dejar en él el petate, la chaqueta y el pesado casco—. Estamos arriba. Buenas noches, cariño.

Becky se dejó abrazar por la mujer. La acompañó con la mirada hasta la salida y cerró la puerta tras de sí.

Ashton se despidió de su madre cuando ella pasó por la cocina. Le extrañó que esta no le preguntara si iba a dormir en la habitación de Rhonda para no marcharse tan tarde a casa. No obstante, Ashton tampoco hizo comentario alguno al respecto. Dio vueltas hasta que decidió salir de la cocina, entró en el salón y avivó un poco el fuego en la chimenea. Acuclillado mirando las llamas, pensó en Becky y se enderezó para volver a la cocina.

Becky suspiró cuando Kresley cerró la puerta y la dejó sola en el dormitorio. Se desvistió, colocando la ropa sobre el galán de noche, se descalzó y desentumeció sus articulaciones. Tosió sintiendo su garganta algo irritada; el frío le había dejado un resfriado de recuerdo.

—Gracias. —Se vistió con los pantalones cortos y la sudadera. Rhonda y ella tenían unos gustos muy parecidos en lo que se refería a la ropa de dormir.

Ashton llamó a la puerta y al abrirle Becky...

—¿Te vienes diez minutos? A cambio tengo... —le mostró las tazas cargadas de **Swiss Miss Marshmallow Hot Cocoa**.

—Sin eso también vendría —sonrió ella. Apagó la luz, cogió su taza y...

—Tómatelo —masculló Ashton, ofreciéndole un analgésico. Sabía que ella lo necesitaba y no porque la hubiera oído toser. Se le notaba en el brillo de los ojos y en el timbre de voz.

Becky dejó la pastilla sobre su lengua y la tragó, cerrando fugaz-

---

52 (In) Natilla de vainilla.

mente los ojos mientras daba un sorbo al chocolate. Al abrirlos, se dio cuenta de que Ashton la estaba mirando. Los pantalones cortos mostraban mucho muslo, unos muslos acostumbrados al trabajo duro y machacón. Las cicatrices en sus rodillas y algún que otro morado resultado de la última **assault course**, la semana anterior.

Ashton odió a su padre, al *eggnog* y a la falta de *whisky*. «¿Y lo de empalmarse, mayor?»

—Diez minutos —prometió, más para él mismo que para ella.

Se sentaron frente a uno de los grandes ventanales del salón. El sofá grande y cálido les recogió, invitándoles a acurrucarse ante la visión invernal.

—Lo de antes en la cena es un poco largo de explicar —susurró Ashton, empujando una manta por encima de ambos. El chisporroteo del hogar y el ronroneo del señor Whiskers en el sillón del coronel ensordecían el silencio del resto de la casa.

—Mis padres eran *hippies*, muy *hippies* —empezó a contar Becky para dejar patente que por lo menos en la familia de él discutían las cosas, no como en la suya—. Mi abuelo prestó servicio en Vietnam como sargento maestro y, por tanto, contra los ideales pacifistas de mi madre, así que imagínate la infancia que tuve —se mofó de sí misma para dar un sorbo al chocolate—. Arriba y abajo del país en furgoneta, fumadora pasiva de marihuana y descalza todo el día hasta que con cinco años le exigí a mi madre que me comprara zapatos.

Ashton dejó su taza ya vacía sobre el alféizar interior de la ventana y miró en la misma dirección que la mujer, hacia la manta blanca que recubría toda la calle.

—No **4 de julio, Halloween, Thanksgiving, Presidents' Day**, Pascua, y mucho menos... —Alzó su taza mirándole e hizo el gesto de brindar a su salud para soltar—: Navidad.

—Siempre se te puede contagiar el espíritu navideño —afirmó Ashton, uniendo sus manos frente a sus rodillas. Bajó los hombros y ladeó la rasurada cabeza, observándola. Becky, a pesar de no llevar maquillaje ni vestir un modelito escotado, le resultaba cada vez más atractiva.

—Si pasara mucho tiempo con tu madre, seguro que algo se me contagiaría —rio con suavidad. Becky notó una fina película de chocolate en su labio superior, se pasó la lengua y se relamió—. Espera, ¿sabes si hay alguna vacuna contra ese espíritu?

—Ella, mi madre, no ha querido ofenderte con eso de siendo lo bonita que eres por qué no te casas y tienes una familia, de verdad, no lo ha dicho con mala fe.

Abrió las manos y las unió, dando una suave palmada. Se estiró en el sofá para echarse ligeramente hacia atrás.

—Lo sé Ashton, no tiene, ni tienes por qué disculparte —susurró aún más suave de lo que ya lo había hecho antes. Bajó la mirada a su regazo, a la taza de chocolate con los *marshmallows*[53] haciendo remolinos en la superficie—. No creo que sea fácil ser esposa de un militar y madre de dos.

—Cuando te casas con un militar también te casas...

—... con el ejército —acabó la frase por Ashton. Becky alzó la cabeza y con la mano libre peinó hacia atrás su pelo. Le miró; la claridad de sus ojos con la oscuridad de los de él...—. Si algún día amo a un hombre y él me pide que deje el cuerpo yo no lo haré... —Negó, sin dejar de mirarle—. Nunca dejaré el ejército, pues es lo que da sentido a mi vida.

—Si algún día amo a una mujer y ella me pide que deje el cuerpo yo no lo haré —contestó Ashton haciendo la frase suya—. Nunca dejaré el ejército pues es lo que da sentido a mi vida, pero... —Alzó la mano y la acercó al semblante de Becky. Un dedo retiró el rubio mechón que le rozaba una mejilla—. ¿Y si la mujer comparte mi amor por el país al que sirvo y mi juramento de dar la vida por él si es necesario?

—Sería un futuro matrimonio bien avenido...

Becky entrecerró los ojos con la mano derecha de él posándose en su cara.

Ashton acarició el pómulo, y su dedo pulgar se movió hasta rozar las áureas pestañas.

—Sí, desde luego que lo sería. —Y lo cierto era que mientras él estaba respondiendo no pensaba puramente en el catre, y no era solo por estar en casa de sus padres y por el respeto que eso le imponía, sino porque Becky despertaba en él algo que Ashton aún no sabía muy bien cómo encajar.

Becky recogió la mano de este en la suya y la dejó cerca de su cara, no la retiró.

—Debería irme a la cama, Ashton —murmulló, quizás demasiado afectada por la sidra o por el virus del espíritu navideño y el del resfriado, o... No, eran excusas, excusas banales para justificar lo que estaba sintiendo. Le había costado tanto ser quién era, «la capitán

---

53 (In) Malvaviscos.

Becky Davis», le había costado tanto llegar donde estaba ahora, tanto sudor, tantas lágrimas, que aquello no le había permitido tener una relación de pareja. Sencillamente, Becky había vetado la posibilidad de estar con alguien más allá de ser una cuestión de cama.

Ashton separó sus manos y le quitó la taza, dejándola sobre el alféizar interior de la ventana, junto a la suya. Volvió la mirada hacia Becky y se inclinó a su lado en el sofá. Ella olía a... a ella, a ningún perfume más que el propio de la piel. No lo pensó, Ashton, solo hizo lo que su ser le gritaba...

Becky cerró los ojos y suspiró contra la masculina boca. El pecho de Ashton, duro, trabajado, vencido suavemente sobre el suyo hacía que sus placas tintinearan con el roce metálico. Ella respondió a su beso descansando las manos a los lados del cuello de él. Las yemas de sus dedos vagaron, acariciando la musculatura hasta las orejas y luego comenzaron a bajar...

Sabía a chocolate, su boca sabía a chocolate caliente y especiado y no fue el gusto de este el causante de que él cerrara los ojos. No era su primer beso, no obstante, hasta aquella madrugada del veintitrés de diciembre de mil novecientos noventa y cinco y a sus veintisiete años, el mayor Ashton Davis nunca, jamás había sucumbido al poder de un beso. *Black Hawk down!*[54]

Becky aplanó las manos en los masculinos pectorales y arrastró los dedos hasta el interior de sus propias palmas. Echó suave y ligeramente la cabeza hacia atrás, permitiendo que las manos de Ashton acunaran su cara mientras aún la besaba.

—Debo irme a dormir... —susurró entre los masculinos labios.

Ashton abrió los ojos para encontrarse con los de ella *on the frontlines*[55]. Sus labios se separaron de los de Becky, que bajó la cabeza hasta apoyar la frente sobre estos y él besó la tibieza de la piel, hundiendo las manos en la corta cabellera rubia.

—Debo irme a dormir... —insistió, tomando aliento para separarse de él. Becky agarró parte de la sudadera; las letras que componían *ARMY*[56] se arrugaban—. *Balls to the walls*[57]... —maldijo, moviéndose y separándose de Ashton.

---

54 (In) Hace referencia al suceso ocurrido en la Batalla de Mogadiscio donde el enemigo derribo dos UH-60 Black Hawk y tres más resultaron dañados.

55 (In) A la vanguardia. En el fragor de una discusión o batalla.

56 (In) Ejército.

57 (In) Pelotas a la pared. Ir tan veloz como sea posible.

—Mañana a las siete y veinte —apuntó Ashton mirándola con un extraño destello palpitando en sus oscuros iris.

—Gracias.... —asintió Becky cerrando los puños. Le dio la espalda—. Buenas noches. —Caminó hacia el pasillo marchando a paso ligero hacia el dormitorio.

Ashton había vuelto de prestar servicio en Haití en la **Operación Uphold Democracy**. Le esperaba la frialdad de la cama en su casa a cinco calles de la de sus padres, y aquella bien llamada frialdad solo cedía cuando él se ocupaba de liar las sábanas junto a una mujer que le complaciera durante unas horas, durante unas miserables horas que solían ser nocturnas, y ahora...

Becky con la mano extendida abrazó el pomo de la puerta del dormitorio. Los pasos embotados acercándose resonaban con fuerza en sus oídos, apurándole el ritmo cardíaco. Más cerca, recorriendo el pasillo hasta detenerse tras ella.

Ahora no quería unas horas con una mujer desconocida, no quería el acto vacío y carnal, un mero intercambio de fluidos. Ahora la quería a ella y todo lo que Becky tuviera a bien darle. La necesitaba aun sin haber compartido siquiera un baile o un par de copas con ella. La necesitaba como si llevara toda la vida esperándola. Ashton se situó tras ella para cubrir con su mano la de Becky sobre el pomo de la puerta.

—Vente conmigo... —pidió en un susurro sobre el oído de ella.

—Una manera de compensarme sería no hablarme de usted en lo que queda de noche, y mañana, vestidos con nuestros respectivos uniformes, olvidarnos del tuteo y ser la capitán White y el mayor Davis —repitió Becky palabra por palabra lo que no hacía mucho él le había dicho. Rotó la mano bajo el calor de la de Ashton y la acarició—. Si me voy contigo, ¿entre nosotros volveremos a ser la capitán White y el mayor Davis? —le preguntó, temiendo que Ashton la viera siempre como una mujer ataviada con uniforme y sin embargo nunca vistiéndolo del mismo modo que él.

Ashton ni siquiera estaba seguro de si la remota posibilidad de una mujer entrando en combate le parecía bien y no podía mentirle, no a ella.

—No lo sé —respondió, mirando la unión de sus manos, y fue deshaciendo el enlace paulatinamente hasta que su mano y la de ella quedaron separadas en el aire—. No lo sé, Becky —masculló, torciendo la cabeza. Besó la femenina mejilla a su alcance y se marchó por donde había venido. Recogió su anorak del perchero de la entrada, sacó de un bolsillo las llaves de la camioneta y se fue conduciendo bajo un cielo gris de nieve.

Becky se metió en el dormitorio al oír el motor de la Chevrolet. Tomó asiento en la cama y, recostada en el cabezal de la cuidada y labrada madera, miró por la ventana, a través del blanco de las cortinas, hasta que el sueño la venció.

La nieve había cuajado cubriendo carreteras, tejados, buzones, puertas y también había dejado su esponjosidad en los árboles...

Ashton pasó la noche en el campo de tiro cubierto al que todos solían acudir cuando necesitaban despejar la mente, mas el traqueteo de su **Beretta 92**, las balas mordiendo el papel del blanco, no le ayudaron a aclarar las ideas. Salió de casa a la que solo había acudido para cambiarse, pues sabía que su cama se estaba riendo de él, de su jodida soledad.

Becky se había levantado y vaciado el petate sobre la cama. Acarició las siglas **U.S.AIR FORCE** y las letras que componían White en su uniforme, se desnudó, caminó hasta el cuarto de baño adjunto al dormitorio, y se metió en la ducha, quedando bajo el chorro de agua unos largos diez minutos. Por suerte, el analgésico de la noche había hecho mucho bien a su sistema.

Los rayos dorados horadaron las nubes, Dios deseaba una mañana soleada...

Con la toalla enroscada al pecho, Becky miró por la ventana, y sonrió al ver al señor Whiskers saltando en la nieve para hundirse en ella y volver a brincar. De su mano derecha colgaba la cadena con sus placas, Becky las pasó por su cabeza y las acarició al pender de su cuello. Giró sobre sus pies desnudos y observó su uniforme, esperándola sobre la cama, las robustas botas aguardando a que las calzara.

Ashton entró en la calle y giró para recorrer el caminito de *candy canes* ahora apagados. Aparcó y miró hacia la ventana del dormitorio que ocupaba Becky.

Ella se vistió y guardó en el petate la ropa del día anterior, el gorro, los guantes, sus botas y también la chaqueta motera, pues le quedaba un poco de espacio. Cargó con sus acreditaciones y el casco y fue a abrir la puerta del dormitorio.

Ashton exhaló con fuerza, quitándose el sombrero reglamentario y dejándolo sobre el asiento del copiloto. Sacó las llaves del contacto y se puso las gafas de sol.

—Buenos días —saludó al abrir la puerta y encontrarse con el señor Whiskers frotándose contra una de las ruedas de la camioneta.

Ella no abrió la puerta, no todavía; tenía... miedo. Miedo de condicionar sus sentimientos por su cargo. «¿Y no está haciendo justamente eso, capitán?». Siempre había restringido cualquier relación sentimental y ahora... «¿Qué ha cambiado?». Becky sabía perfectamente lo que había cambiado, que no era otra cosa que el mayor le gustaba más allá de lo que ella comprendía como el límite seguro de *No man's land*[58].

—Tu padre ha salido hace unos diez minutos. ¿No te lo has cruzado?

Kresley estaba en la cocina. Cerró la nevera, mirando su reflejo en los cristales **Humvee** de las gafas de sol de Ashton y con la botella de leche en la mano susurró.

—¿Estás bien, cariño?

—Estoy bien. —Ashton sonrió fingidamente y se acercó para besarle la mejilla. Miró el reloj en la pared de la cocina y se posicionó al lado de la cafetera poniéndola en marcha—. Solo quiero café, mamá.

—Tómate el mío —sugirió su madre, señalándole la taza sobre la isla de mármol. Krisley llamó a Whiskers para que este pasara por la gatera de la puerta y viniera a por su desayuno.

Becky se detuvo a mitad del pasillo al oír a Ashton, ella con el petate cargado a la espalda y el casco en mano. Inhaló profundo y volvió a caminar. Colocó el petate a un lado de la puerta, donde no molestara y también el casco y las acreditaciones. Entonces se encaminó a la cocina.

—Buenos días —saludó a la mujer en bata que llenaba de leche el plato de Whiskers.

Ashton dejó a medio camino de sus labios la taza de café de mamá, ahora suya, y miró a Becky, allí vestida de ***Battle Dress Uniform***. Ella le saludó y él le respondió con una leve oscilación de cabeza. Después de todo, no sabía cómo mirarla o de qué manera siquiera tratarla, aunque si tenía que cumplir con lo dicho el día antes. Sorbió el café tibio y azucarado que le sentó como una patada al estómago.

—Buenos días, ¿qué tal has dormido, Becky? —preguntó Kresley ante el silencio que cayó como un **Vympel R-27** en la cocina. Whiskers, al oírla llamarle, había entrado escopeteado por la gatera y ahora

---

58 (In) Tierra de nadie. Lugar o tema peligroso.

maullaba como loco entre sus piernas. Ella se acuclilló y le colocó el plato en su alfombra, en el suelo, junto al cuenco de pienso—. ¿Café? —sonrió a la vez que iba a lavarse las manos.

—Bien, gracias —mintió Becky a la primera pregunta entrando en la cocina y asintió retirando la gorra de su cabeza—. Sí, un café sería fantástico. —Intentó con todas sus fuerzas no mirarle, pero no pudo resistirse a aquel hombre ataviado con el deslumbrante *Service Uniform*.

—Ashton, encárgate del café, yo me voy a vestir y luego a despertar a tus hermanas —ordenó Kresley al mayor. Una vez ante la mujer, la prendió cariñosa por los hombros. Sonrió, mirándola—. Me alegro mucho de haberte conocido, Becky, y espero verte en el baile de Navidad.

—¿En el baile de Navidad? —susurró Becky sin saber a qué se refería. «¡Lo siento, pero su hijo me ha fundido las retinas y de paso apagado el cerebro!».

—Yo soy una de las organizadoras —asintió Kresley emocionada—. Intuyo que vas a quedarte hasta por lo menos después de las fiestas, y no vas a pasarlas sola, así que te espero aunque preferiría verte antes. —Le dio dos besos y se despidió agitando la mano.

—Si va a la cafetería, hágame caso, tortitas de arándanos —comentó Ashton, pensando en el desayuno que quizás ella tuviera la oportunidad de tomar si su asunto en MCAF no se alargaba demasiado. Él no tenía ganas ni de hacerse un *fluffernutter* con plátano, y el café le sabía tan mal que dejó la mitad de este en la taza y la taza en el fregadero—. ¿Azúcar? —le preguntó, apagando la cafetera y sirviéndole el oscuro brebaje.

—No, gracias, señor —contestó Becky al coger la taza que le era tendida. Le miró de soslayo, apoyándose de espaldas en la isla de mármol y pensó en... traicionarse a sí misma por unas horas, «solo unas horas». Olvidarse del uniforme, las placas, las botas y entregarse al hombre que adoraba la Navidad y la había rescatado de una tormenta de nieve. Sí, entregarse a él por completo...

—Y no se olvide de regarlas con sirope...

Ashton la miró y tragó saliva, parpadeó rápido dos veces y carraspeó.

—A las tortitas, no se olvide de empaparlas en sirope. —Cada vez que hablaba lo empeoraba. «¿Por qué?» Porque lo que quería empapado era el cuerpo de Becky bajo el suyo, sus muslos calados del deseo de ambos y después, «¡Mierda!»... quería dormir con ella, tocar su pelo mientras Becky despertaba y después hacerle el amor de nuevo y luego... quería follársela, follársela intensamente.

—Eso haré, señor —asintió Becky, mirándole. Ambos, uno al lado del otro, uniformados y escondiendo lo que sentían. Ella tras el estampado de camuflaje y él tras los galones—, eso haré. —Apartó la mirada y sopló antes de beber.

Ashton, al dejar ella de mirarle estiró las mangas de su chaqueta, verificando que los puños estuvieran lisos e impolutos. Una mera maniobra de distracción para no ceder a sus impulsos y a la vez mantenerse callado. Alzó la cabeza hacia el reloj.

—¿Lista? —Y al preguntarle no la miró, cogió la taza vacía de café que ella le devolvió y la dejó en el fregadero junto a la suya.

Becky acomodó la gorra en su cabeza y marchó tras él hasta el recibidor, cogió sus cosas y el aire invernal le besó las mejillas al salir al porche.

—¿Se marcha? —medió ahogó el coronel al encontrarse con ellos. Los pantalones cortos, la sudadera y las deportivas dejaban claro que por mucho frío que hiciera nadie iba a lograr que se quedara en la cama.

—Sí, señor —contestó Becky con la nube de vaho surgiendo de la boca del coronel recién llegado de hacer *footing*. Estrechó su mano con la de este.

—Por favor, cualquier cosa, sabe dónde estoy —apuntó el coronel al tiempo que apoyaba su otra mano en la unión de la de ambos para hacer el gesto un tanto más personal.

—Muchas gracias, coronel —sonrió Becky, desligando sus manos y saliendo del porche. Su Harley seguía en la *pick up*, cuidadosamente arropada por la lona azul que la había protegido de la nieve.

—Ashton —llamó el coronel llevándose las manos a las caderas con la respiración casi normalizada.

—Está abierto —indicó Ashton a Becky para colocarse ante este —. Coronel... —Para su padre no sería complicado averiguar que él se había tirado la noche en el campo de tiro y probablemente sin tener intenciones de investigar. La información le llegaría por sí sola, por lo tanto, Ashton no iba a molestarse en mentirle.

Becky abrió la puerta de la Chevrolet y miró el sombrero, brillante y precioso sobre el asiento. Lo cogió descargando el petate en el suelo de la camioneta, subió y se sentó. Cruzó el cinturón sobre su pecho y sujetando el casco sobre sus piernas esperó a que el mayor se montara.

—¿Todo en orden? —quiso saber el coronel anudando a su cuello la sudada toalla.

—Claro —sentenció Ashton. «¿Quién iba a molestarse en mentirle?».

—Mayor... —La palabra rodó en la boca del coronel. Esa era su manera de decir: «Vamos, hijo, suéltalo».

—No he dormido mucho, eso es todo. —Y no mintió, no del todo. Ashton miró la hora en su reloj—. Becky tiene que presentarse a las ocho y yo tengo una reunión a las once.

El coronel miró hacia la camioneta y asintió con la visión de la mujer y ese «Becky» por parte de su hijo.

—Bien, muy bien —comentó, dándole un suave golpe en el hombro al volver la mirada hacia él—. Que tengas un buen día.

Ashton no dijo nada más. Le dio la espalda y salió del porche. Abrió la puerta de la camioneta, subió, cerró la puerta, se puso el cinturón y...

Becky le tendió el sombrero.

Él lo agarró por la visera, pero movió los dedos para rozar con ellos los de Becky y se quedó quieto cuando ella empujó la mano que sujetaba el sombrero y se estiró en el asiento para ponérselo.

—*Minstrel boy*♫[59]... —tarareó Becky, acariciando el ala del sombrero. Bajó lentamente la mano a su regazo sin dejar de mirarle y en aquel momento sonó la alarma de su reloj de muñeca. Le quedaban veinte minutos para presentarse en MCAF.

Ashton apoyó las manos en el volante, inspiró y giró la llave en el contacto. El viaje se hizo en silencio hasta llegar al puesto de control del MCAF donde ambos presentaron sus correspondientes acreditaciones. Al darles acceso, él condujo hasta el *parking*. Bajó de la camioneta y con la ayuda de Becky destaparon la Harley y la bajaron para posteriormente aparcarla.

—Gracias —reiteró de nuevo Becky, sacando sus cosas de la pick up. Petate en la espalda y casco pendiendo de uno de sus brazos, quedó pegada a la puerta del copiloto con Ashton ante ella.

—Bueno... —se arrancó a decir Ashton, mirándola y cerrando los puños para comprimirlos de tal manera que sus nudillos crujieran—, ya oyó al coronel, si necesita algo no dude en llamar a la puerta.

—Ashton... —musitó Becky con las grandes manos de él asegurándole la gorra como ella había hecho antes con el sombrero de él.

---

59 ♫ Canción patriótica irlandesa convertida en himno en varios ejércitos del mundo. En EE.UU. es la canción del adiós a los caídos.

En el *parking*, con un **CH-53D** tomando la pista de aterrizaje y él queriendo besarla...

—Aún no he escrito mi carta a Santa pero, mierda, Becky, tengo muy claro qué es lo que voy a pedirme —le dijo Ashton, acercándose un poco más. El vaho que salía de su boca palabra a palabra se mezclaba con el que remolineaba de los labios entreabiertos de la mujer.

—¿Y qué es? —ronroneó Becky, entornando los ojos. Su pelvis danzaba pegada ahora a la de él. Sus mejillas se escalfaban por el aliento de un Ashton tan cercano que ella podía oír los latidos apresurados de su corazón.

—Vamos, nena... —Ashton la asió por la barbilla y con el pulgar acarició la cicatriz—. ¿No lo sabes? —le preguntó aún controlándose, pues ninguno de los dos estaba en situación de recibir un expediente por conducta impropia. «Pero besarse no constituye infracción alguna...».

La segunda alarma en el reloj de Becky le indicaba que le quedaban cinco minutos. «Los suficientes para besarse», pensó, emitiendo un suave suspiro con los labios de Ashton sobrevolando los suyos. Ella alzó la mano libre del casco para prenderle del cuello y obligarle a aterrizar en su boca cuando...

—¿Capitán White?

Ashton, que había cerrado los ojos, los abrió de golpe y con la mano de Becky en su cuello alzó la cabeza mirando al tipo «*inoportunorompecojones*» detrás de la mujer. Becky se separó de Ashton y se dio la vuelta, encontrándose con uno de los pilotos que tenía bajo su mando en Nellis.

—Flores, ¿qué coño hace usted aquí? —cuestionó, como si este no la hubiera encontrado en aquella situación tan poco marcial.

Flores se cuadró y les saludó militarmente.

—Descanse, Flores —ordenó Becky, inclinando la cabeza para ver si el humo que salía de detrás del piloto provenía realmente de un cigarrillo y no de los motores.

—A Kehler y Merrill también los han enviado aquí. Llegamos ayer y se nos congelaron las pelotas —explicó Flores, tirando desde atrás y al asfalto del *parking* la colilla del cigarrillo que acababa de medio fumarse.

—No me diga, Flores... —respondió Becky, arrastrando las palabras peligrosamente, y le señaló—: ¿Y les han dado permiso para fumar?

—No, señora —objetó Flores con esas pelotas que se le habían congelado, subiéndosele a la garganta y atascándosela.

—¿Y entonces? —cuestionó Becky, mirando el cigarrillo agonizando en el asfalto mojado.

—Es que... —titubeó Flores. Su sangre mejicana, acostumbrada al calor veraniego de Texas, se le solidificaba en las arterias a causa del frío crudo de Virginia, y si encima se le sumaba la mirada de auténtica hija de puta de la capitán White podía darse por **burrito** muerto.

—Es que nada, Flores —cortó Becky, parándose ante él. Y apuntándole con un dedo inquirió—: ¿Qué coño les tengo dicho? No quiero que llenen de mierda sus pulmones, luego me veo con la jodienda de tener a un grupo de gilipollas asmáticos tratando de pilotar un puto avión de papel.

—Muy graciosa, capitán— rio Flores, pero al darse cuenta de que era una broma sarcástica tragó para empujar a sus pelotas a volver a su sitio pero nada, seguían ahí—. Sí, señora —masculló, aunque ante la mirada de la capitán repitió el «sí, señora» con más fuerza, con más brío.

Ashton colocó sus manos atrás en su espalda, relajó los hombros y contempló la escena en absoluto silencio.

—Hágame un favor, llévese esto y espéreme dentro —le dijo a Flores mientras le entregaba casco y petate. Becky le siguió con la mirada y al ir a pasar el hombre delante de una papelera le gritó señalándosela—: ¡Y tire esa mierda!

Flores se detuvo y sacó de uno de los bolsillos la cajetilla de Marlboro y la lanzó a la papelera.

—Bien —aprobó Becky, siguiéndole con la mirada hasta que el piloto desapareció del *parking*—. *No one comes close*[60]... —susurró ella, haciendo alusión a uno de los lemas de la fuerza aérea mientras miraba de nuevo al mayor.

Ashton sonrió, asintiendo con la cabeza. Nunca le habían dicho nada parecido para «largarle». La observó, dándole la espalda y comenzando a alejarse.

—¡Capitán White! —llamó, haciendo que ella detuviera su avance, girara y le mirara. Él se cuadró, levantó la mano derecha con los dedos juntos hasta la visera de su sombrero y la saludó.

Becky dio unos pasos hacia delante, golpeó una bota con la otra, alzó la mano y respondió a su saludo.

Y entonces, en aquel mismo instante, Ashton no vio a la mujer que había encontrado ayer bajo la tormenta invernal; tampoco vio

---

60 (In) Nadie se acerca...

a la mujer que había besado y acariciado la pasada madrugada. El mayor Ashton vio a un soldado, vio la misma mirada que él contemplaba cada mañana en el espejo, la suya propia, la de un soldado.

—Feliz Navidad, mayor Davis —susurró Becky tras romper el saludo y sonrió, dándole lentamente la espalda para alejarse y acudir finalmente a su citación.

—Feliz Navidad, capitán White —respondió Ashton, siguiéndola con la mirada hasta que ella desapareció de su visor. Ashton entendió que la capitán White formaba parte de Becky, eran la misma pieza, no un complemento que él pudiera obviar y lo cierto es que tampoco quería ignorarlo. Ambos servían a la misma causa, ambos habían entonado el **This We'll Defend**[61] y por mucho que Becky aún no lo supiera, Ashton acababa de tomarse muy en serio el contagiarle su espíritu navideño.

---

61 (In) Esto defenderemos. Ver glosario.

Glosario

4 de julio: Día de la independencia de los Estados Unidos, es el día de la fiesta nacional.

Halloween: *All Hallow's Eve*. Víspera de Todos los Santos o Noche de brujas, del 31 de octubre al 1 de noviembre.

Thanksgiving: Día de Acción de Gracias. Festividad americana que en su origen daba las gracias por las cosechas, se celebra el cuarto jueves de noviembre.

President's Day: Día del Presidente. Celebración en EE.UU. que recuerda a los veteranos de guerra y receptores del **Purple Heart** (Corazón Púrpura), condecoración de las Fuerzas Armadas de EE.UU. otorgada a aquellos heridos o muertos en acto de servicio.

Operación *Uphold Democracy*: Operación de EE.UU. y aliados para derrocar el régimen militar de Haití en 1991.

Beretta 92: Pistola semiautomática.

U.S.AIR FORCE: Fuerzas aéreas de EE.UU.

Humvee: Vehículo militar multipropósito con tracción a las cuatro ruedas.

***Battle Dress Uniform (BDU)*:** Uniforme de batalla de las Fuerzas Armadas americanas.

Vympel R-27: Unidad de Operaciones Especiales Rusa. Nombre de armas de origen ruso.

***Fluffernutter*:** Bocadillo de pan de molde con crema de cacahuete y malvavisco.

***Service Uniform (ASU)*:** Uniforme de Servicio. Es el que lleva el personal del ejército americano en situaciones que requieren una vestimenta formal.

CH-53D: Helicóptero de las Fuerzas Aéreas americanas.

***Burrito*:** Tortilla mejicana de trigo que envuelve un relleno generalmente de carne y alubias.

This We'll Defend: Esto defenderemos. Frase inscrita en el blasón de armas de EE.UU.

Eggnog: Ponche de huevo. Es una bebida hecha de leche, azúcar, huevos y a veces alcohol.

F-15E Strike Eagle: Cazabombardero todo tiempo fabricado por McDonnell Douglas.

Chapas de identificación: Chapas que identifican a un soldado.

Mulled wine: Bebida caliente de vino rojo y especias.

ID: Documento oficial de identidad en EE.UU.

Potomac: Rio de EE.UU. que fluye por varios estados.

MCAF: *Marine Corps Air Facility.* Instalaciones aéreas en Quantico del cuerpo de Marines de EE.UU. Base del escuadrón encargado de llevar al presidente americano.

IPAC: I*nstallation Personnel Administration Center*. Centro de Gestión y Administración del Personal.

Iwo Jima Memorial: Memorial de Guerra del Cuerpo de Marines de EE.UU., sito en el Cementerio Nacional de Arlington. Hay una reproducción en la base de Quantico.

Martha Stewart: Mujer de negocios americana, madre y ama de casa perfecta a la vez, amén de haber cumplido sentencia por diversas causas legales.

Cuento de Navidad: Película basada en la novela de Charles Dickens.

Candy canes: Bastones de caramelo originalmente con sabor a menta, hoy en día se comercian de multitud de gustos diferentes.

Fruitcake: Pastel de fruta escarchada y frutos secos que en los países anglosajones se suele comer en Navidad.

Toyland: El país de los juguetes.

Don't ask, don't tell: No preguntes, no digas. Es la expresión con la que se conoce la política de las Fuerzas Armadas de los Estados Unidos sobre la homosexualidad.

You're really pretty for being in the army: Eres realmente bonita para estar en el ejército. Frase usada para desestimar la incorporación de postulantes demasiado bonitas al ejército americano.

In the trenches: En las trincheras. Atrapados en una situación compleja.

AFOSI: *Air Force office of special investigattions*. Agencia cuyo cometido es informar directamente a la oficina del secretario de la fuerza aérea. Tratan temas como terrorismo, espionaje o cualquier otro tipo de amenazas graves.

Convención de Ginebra: Conjunto de cuatro convenios internacionales que regulan el derecho internacional humanitario.

Aspen: En la Montañas Rocosas EE.UU., es una estación de esquí para VIP.

Go Army!: Frase que ánima a alistarse al ejército estadounidense.

M4: Carabina de asalto.

Gremlins: Criatura que si se moja se convierte en un monstruo destructivo.

Cornbread: Pan de harina de maíz de preparación rápida.

Nellis air force: Base Aérea de Nellis.

Apple cider: Sidra de manzana, generalmente sin alcohol.

Annie G. Fox: Enfermera jefe en el ejército americano. Fue la primera mujer en recibir el Corazón Púrpura por acción en combate durante el ataque japonés a Pearl Harbor.

Líbano: La Guerra del Líbano de 1982, denominada por Israel «Operación Paz para Galilea», fue un conflicto armado donde las Fuerzas de Defensa de Israel invadieron el sur del Líbano con el objetivo de expulsar a la OLP.

West Point: Famosa academia Militar de EE.UU., localizada en Nueva York.

Ranger: Término militar de origen anglosajón que define a un soldado especializado en vigilancia y principalmente acciones terrestres.

Fort Benning: Instalación del ejército americano con unos 1.200.00 militares en activo y sus familias.

Swiss Miss Marshmallow Hot Cocoa: Cacao en polvo con pequeñas nubes, de ConAgra Foods para tomar caliente.

Assault course: Pista de asalto. Es una pista de entrenamiento físico.

LAS COCINAS

{Cuento vinculado con el compendio *Torrijos Parador*}

Vísperas navideñas, diciembre 1579.

Eran otros tiempos, y el común de los mortales jamás había tenido acceso a los placeres de la carne como lo tenían la nobleza y el clero. Por no tener, no tenían acceso siquiera a la Navidad. La Natividad del Señor, en aquellos días, para ellos no era sino un tiempo de recogimiento obligado, de ayuno. Bien, lo del ayuno, más que obligado, era lo normal para cualquiera que no perteneciera a esas élites, pues ser pobre en aquella época significaba ser pobre de solemnidad.

Sin embargo, las gentes del Parador, gracias a la pericia del Pequeño y su labia, disfrutaban tanto de los manjares de la buena mesa como de los placeres de la carne a través de sus historias.

El Pequeño se movía por el complejo como pez en el agua. Conocía cada uno de los recovecos del edificio y sus anexos, los corredores oficiales y los secretos, lugares públicos y privados, y conforme crecía él, crecían también su listeza y sagacidad.

La realidad era que el Pequeño se había convertido en pieza

irreemplazable en el día a día del Parador. Era él quien ponía sazón a idas y venidas, la guinda a las comidas en cocina y la mejor historia a las sobremesas como el más curtido de los bufones palaciegos.

En aquella ocasión, en el gélido invierno manchego y en vísperas navideñas, los señores de Dueñas, queriendo hacer gala de sus haberes y señoríos, habían invitado a pasar las fiestas en el Parador a lo más granado de la sociedad toledana de entonces.

Viene de sí añadir que, tal como es sabido, en aquella época los menesteres del placer eran amplios y permisivos pues «la simple fornicación no es pecado». Existían por tanto gran número de fulanas, mancebas y mancebos prestos a atender las necesidades de los invitados. Se habían tenido en cuenta los gustos de monseñor Luarte por los mozuelos jóvenes y virginales cual inocentes querubines. Para doña Mercedes, sus muy depuradas apetencias por los grandes y exuberantes senos. Para don Juan, las rubias tontitas. Y qué decir del alcaide. Para él, súbditos susceptibles de ser detenidos por su gente. Con ellos hacía uso de sus múltiples arreos de tortura...

Atendiendo a la tradición pagana adoptada por la Iglesia germana unos siglos atrás, se instaló un árbol de Navidad en la capilla y otro mayor en el comedor principal que se decoró con manzanas y velas, las primeras como metáfora del pecado original y el de los hombres, y las segundas como ejemplo de la luz que trajo al mundo Jesucristo.

Las manzanas llegaron al Parador bien protegidas entre paja en cestos de esparto trenzado. Llegaron de manos de cinco robustas campesinas germanas que fueron requeridas para colgar dichas frutas en el árbol. El Pequeño fue el encargado de conducirlas al comedor una vez los mozos hubieron dejado los cestos allí. Este vio cómo doña Mercedes, en supuesta charla distendida con la dueña de la casa, no perdía de vista la comitiva. Es más, habría jurado que los ojos de la misma hacían chiribitas al ver pasar tal voluptuosidad y opulencia pectoral.

El Pequeño, haciendo gala de su sagacidad, dejó a las teutonas con su faena. Se quedó entre la penumbra de los cortinajes de la gran sala a la espera de acontecimientos, porque tenía claro que iba a haberlos.

Y, ciertamente, no pasó demasiado tiempo antes de que aparecieran la señora de Dueñas y doña Mercedes para admirar el trabajo de las germanas y la composición del árbol. Mientras eso hacían, entró una de las mozas de cocina. Algo le comentó a su señora, esta se disculpó ante doña Mercedes y salió seguida de la muchacha.

Doña Mercedes se acercó a las cestas, y cogió y admiró una de las orondas manzanas para luego metérsela en la boca.

—¡Es para el árbol, no para vos! —Esa fue Greta, la que parecía llevar al resto del grupo.

Doña Mercedes se giró muy lentamente para encararla y espetarle:

—Y vos, ¿quién coño sois para siquiera dirigiros a mí? Sucia ramera, hija de un...

Bien, había empezado la fiesta, tal como había previsto el Pequeño, quien se pertrechó más aún entre los cortinajes para, sin ser visto, verlo todo.

Tiempo después, en las cocinas...

—Pequeño, ¿quieres una copa de aguardiente? Estás blanco como el papel. ¿Te sentó algo mal? ¿Te recriminó la señora? —La cocinera se lo preguntó al Pequeño realmente preocupada.

—Pero, mujer, déjalo respirar. Haz que se siente. Espera, espera, que le haré un hueco aquí, en la mesa. Que se sosiegue y luego le preguntamos. —El cocinero, más comedido, quiso calmar a su esposa.

El mozo de cuadras se sentó a su lado mientras la cocinera le servía al Pequeño una copita de aguardiente. Lo cogió allí mismo, en la alacena, del barato, del que usaban para cocinar, pero para levantarle los ánimos al chiquillo era más que suficiente.

Todos los que en ese momento estaban en la cocina se quedaron mirando, esperando a que el niño se repusiera, pues en el fondo todos le tenían estima. Apreciaban sus historias y eran lo más cercano a una familia para él.

—¿Qué tal? ¿Estás mejor? ¿Quieres comer algo? —Otra vez le preguntó la cocinera al Pequeño.

Este se había embuchado el alcohol de un solo trago y los colores estaban volviendo a sus mejillas. La cocinera le plantó delante un tazón de humeante ropavieja mientras se lo preguntaba. El mozo de cuadras le pasó el brazo por encima del hombro para reconfortarlo. El Pequeño, a quien los vapores del aguardiente empezaban a soltar la lengua, empezó a hablar:

—No, la señora no me dijo nada, no estaba.

—No estaba. ¿Dónde no estaba, chiquillo? —La cocinera, con semblante inquieto, se sentó frente a él mientras se lo preguntaba.

—En el comedor, en la sala grande. Están allí doña Mercedes y las, las...

—Las orondas nórdicas. ¡Ayy, gañán, gañán, ya has visto tú algo demasiado revelador para tu corta edad! —comentó el mozo a la par que soltaba una sonora carcajada mientras la cocinera le reprendía por ello. El mozo se incorporó en el asiento, ahuecó la boca, removió la lengua y se pasó los brazos por pechera y cintura como tocando a una opulenta doncella. La cocinera abrió los ojos grandes como platos y se oyeron un montón de cuchicheos por detrás de ella. Varios de los que estaban de pie se acomodaron alrededor de la mesa, ávidos de la historia que estaba a punto de ser contada.

—Yo estaba escondido al fondo, entre los cortinajes, cuando doña Mercedes cogió una manzana y la más grande de las germanas la recriminó por ello. Sin saber cómo ni por qué, al poco estaban ambas enzarzadas en una ardiente discusión. Las otras decoradoras dejaron sus quehaceres y rodearon a ambas, alentando a su compañera en una jerga de la que no comprendía absolutamente nada. —El Pequeño lo explicaba, rememorando lo vivido.

—Así que doña Mercedes perdió la compostura. ¡Lo que puede llegar a hacer una zorra cuando está caliente! —soltó el mozo al sentarse mientras el Pequeño hablaba.

La cocinera añadió:

—¿Y la señora, dónde estaba la señora?

—No, no estaba. Se había marchado con una de las doncellas —continuó el zagal.

—Bueno, dejadlo que siga. —Esa fue una de las leñeras que, toda tiznada, se había sentado también a la mesa.

—Yo creí que acabarían dándose de hostias, pero de repente la señora tenía la cabeza metida entre los orondos salientes de la germana y parecía estar pasándolo bien.

—¡Acabáramos! —Otra vez la leñera.

—Ya sabía yo. —Este, por supuesto, fue el mozo de cuadras.

—Callad, que si no pierde el hilo. Sigue, Pequeño, sigue. —Al decirlo, la cocinera le acarició la mano a modo de aliento.

—Otra de las germanas se acercó a Greta por detrás, la cogió del moño y se lo soltó a la par que le plantaba un rotundo beso en toda la boca para luego pegarle un lametón en la mejilla. Al cogerla, la teutona se fue para atrás y una cascada de ondulado cabello rubio cayó por sus hombros. La cara de doña Mercedes, mojada y sonrojada, quedó al descubierto. En ese momento otra de las mozas, esta de pelo castaño y trenzas recogidas en caracola, aprovechó para soltarle los lazos del corpiño a la rubia y bajarle la camisola, dejando al descubierto unos pechos tan grandes, que más parecían ubres. Doña Mercedes se puso como loca y se abalanzó sobre un sonrosado pezón, metiéndoselo en la boca y mamando de él.

—¡Santa Madre de Dios, qué barbaridad! —Era probablemente más de lo que nunca se le podría haber pasado por la cabeza a una pobre leñera.

—Espera, espera, que me apuesto a que esto no es más que el principio. Espera y escucha —dijo el mozo de cuadras. Debía, aunque solo fuera por su oficio, haber visto mucho más del mundo que una pobre chica que apenas salía de la cocina salvo para ir a reponer leña con la que alentar el fuego.

Alguien le acercó al Pequeño la jarra de agua fresca y le llenó un vaso que este apuró hasta la última gota para luego proseguir:

—La más menuda de las germanas se colocó detrás de la señora. Le soltó el fajín, los cordones de la falda de terciopelo y los enganches del guardainfante y lo hizo deslizar todo hacia abajo para luego quitarle sus chapines y dejarla en calzas. A todo ello se sumó otra de las mozas, quien se encargó del corpiño de doña Mercedes, sin demasiada maña, ya que ella seguía mamando de la teutona como si esta ama de cría fuera.

—Así que allí todo Dios se llevaba su parte. Uf... Cómo me está poniendo. ¡Qué envidia! ¿Por qué no me pasarán estas cosas a mí, Pequeño? —se lamentó Curro como si el Pequeño le fuera a contestar.

—Cállate, que te mando de un puntapié a las cuadras, que es allí donde deberías estar —le advirtió la cocinera.

—Haya paz. Dejadnos escuchar, y si no os place, mujer, llevaos al mozo a la cuadra a fornicar. Dejad vuestra cocina en nuestras manos que nosotros sí queremos oír cómo termina la historia. —Diego apuntó con no poca osadía teniendo en cuenta que estaba presente el marido de la cocinera.

—Sí, vamos... que para fornicaciones estamos. Callad todos y dejad al Pequeño terminar. Luego fornicad, mamad, amad, haced lo que bien os plazca, pero de momento callad, por Dios, callad. —Y se hizo un silencio sepulcral, pues había hablado el catador, quien hasta el momento no había abierto boca, pero al que todos respetaban y temían por su fuerte y explosivo carácter—. Prosigue, Pequeño, prosigue, que por mis huevos que no te vuelven a interrumpir estos incultos desabridos.

El Pequeño volvió a beber tras servirle la cocinera más agua y pedirle disculpas por la interrupción, para luego seguir:

—Lo cierto es que sí, todo el mundo se llevaba su parte, porque al quitarle el corpiño a la señora y dejarla en camisola, la última germana, que también era menuda, le sacó un pecho por encima de la camisola y empezó a lamerlo. De hecho, era casi un calco de la otra menuda que le había quitado los refajos, y habiendo dejado a la señora en calzones, tenía ahora la mano metida en la entrepierna de esta.

—Anda la Vir...

—¡Ni te atrevas! No blasfemes —La cocinera, siempre tan devota, no podía permitir que su marido hablara de esa manera.

El Pequeño volvió a coger el hilo y siguió desde donde lo había dejado:

—Mirándolo bien, las menudas deben ser gemelas o mellizas de tanto que se parecen, pero si es así... ¿Por qué, por qué la mano de una dejó los calzones, y la lengua de la otra los senos de la señora para pasar a besarse y tocarse la una a la otra? ¿No es eso incestuoso? —Lanzó la pregunta al aire, pero ante la expectación de los presentes prosiguió sin esperar respuesta—: La germana de las trenzas, la que le había soltado el moño a Greta, se encargaba ahora de seguir desvistiéndola desde atrás mientras se pegaba y se restregaba contra ella. Solo quedaba una teutona que miraba la escena desde la distancia, apoyada contra la mesa donde descansaban las cestas de manzanas a la par que mordisqueaba una. No, pero no solo mordisqueaba la manzana, sino que se trabajaba los bajos con la otra mano.

La mayoría de los presentes no daban crédito a lo que oían. Olvidaron sus quehaceres y obligaciones, tan obnubilados estaban con la historia y con lo que contaba. Era la primera vez que escuchaban algo parecido.

—La germana se cansó de la manzana y la devolvió a su cesta. La cogió, la dejó en el suelo e hizo lo propio con todas las demás, despejando así la mesa. Acto seguido se acercó a cada una de sus compañeras y les susurró algo al oído. Ni lo oí, ni lo hubiera entendido por la jerga esa que hablaban, pero entre todas cogieron a la señora, la despojaron completamente de los pocos ropajes que le quedaban y la llevaron hacía la mesa, invitándola a acostarse. No debía ser la primera vez que hacían algo parecido, pues cada una de ellas se desnudó del todo también y luego tomó posición a su alrededor. A la señora, que estaba boca arriba cuan larga era, la acercaron al borde con las piernas separadas y le colocaron un escabel bajo cada pie. Allí abajo, entre los dos escabeles, se colocó de rodillas la que había limpiado la mesa y con la lengua se puso a lamer las lechosas piernas que tenía frente a sí, a la vez que subía lenta, muy lentamente por ellas y llegaba a lo que se adivinaba una negra y felpuda mata de vello. Allí se quedó quieta, en actitud contemplativa, viendo cómo las menudas tomaban posesión de los senos de la señora, quien boqueaba buscando algo de aire. La jefa se subió al tablero y, en cuclillas, se colocó de frente a la contemplativa, con el conejo justo por encima de la faz de la señora, quien pareció colmar su boca con él. Detrás de Greta, y en la misma posición, se colocó la de las trenzas y empezó a ocuparse de los senos de la primera.

—Vaya cuadro. Vamos, que ni pintado por Correa. —El mozo, como siempre un bocazas, dijo lo primero que se le vino a la cabeza.

—No seas bruto, ignorante, que Correa fue discípulo de mi señor y sé bien que él de esas lides nada. De Correa son los retablos de nuestra colegiata, el Ecce Homo... —espetó el catador, dándole al mozo de cuadras un capón.

—Vale, vale que ya sabemos que te las das de culto y de saber, pero a mí lo que me apetece saber, lo que quiero oír, es al Pequeño su historia terminar, que la boca se me hace agua y la... se me ha puesto tiesa como la mojama —escupió el ayudante de cocina que hasta el momento no había soltado palabra, mirando hacia abajo y apuntando a sus calzones.

Al Pequeño le hizo gracia. Le habían empezado a entrar las hormonas, pero no acaba de comprender por qué los mayores se ponían así con sus historias. Tanta atención lo hacía sentir poderoso, pues además sus historias le garantizaban un buen plato de comida caliente, las atenciones de alguna que otra doncella y, de vez en cuando, pequeños presentes inesperados.

La leñera le puso delante al Pequeño una naranja que ella misma había pelado y separado en gajos. Uno de esos manjares vedados a los tristes mortales, uno de esos regalos que de vez en cuando recibía el niño, mientras con el gesto se le instaba a comer y seguir con su glosa.

Con el sabor de la naranja aún en la boca y fuerzas renovadas por sus azúcares, el Pequeño continuó:

—A ver, iba por los bajos... ¡Ah sí! Los bajos de la rubia germana, que acariciaba la de las trenzas mientras la primera se inclinaba hacia delante para, alternativamente, estrujar los senos de las menudas, que a su vez se encargaban de los de la señora cuyos bajos ensartaba la lengua de la teutona que estaba entre sus piernas. Hasta entonces —continuó el muchacho—, habían llegado a mis oídos toda clase de sonidos voluptuosos a los que se les sumó un ronco gemido que salía de las entrañas de la señora. Esta parecía inquieta y se movía como sanguijuela picada por un bicho mientras agarraba a la rubia por las posaderas y se metía su potorro en la cara, sorbiendo fuertemente de él. La de las trenzas le soltó los senos, se echó hacia atrás y sus manos bajaron hacia su propio conejo, que empezó a friccionar con insistencia mientras espetaba algo en esa extraña jerga de la que yo no entendía nada. Imagino que como respuesta a lo que dijo, las menudas soltaron a la señora, quien demasiado ocupada estaba como para quejarse por ello. —El Pequeño seguía contando su historia—: Se fueron a ocupar de su propio placer. Se colocaron una frente a la otra y cada una metió la mano en el conejo de la otra, empezaron a friccionarlos y allá que te va... otras dos moviéndose como sanguijuelas picadas por bicho.

El mozo de cuadras definitivamente no tenía remedio y se llevó la madre de todas las collejas, la guinda del pastel, con su:

—Me da que todas acaban como...

—Cállate de una puta vez. Tenías que hablar ahora, ahora que la cosa está que arde. —El ayudante de cocina tenía hasta la cara embotada por el rubor y un inconfundible espesor tensaba sus calzas.

Algo en esa cara le decía al Pequeño que más le valía seguir si no quería que hubiera trifulca, así que a ello fue, sin esperar señal alguna:

—Las convulsiones de la señora se hicieron cada vez más rítmicas y rápidas. Su cabeza había desaparecido por completo entre las piernas de la rubia, quien ahora se había doblado por encima de ella y le lamía el felpudo, mientras la de su entrepierna le había metido un dedo en la concha y con la otra mano se daba a sí misma. La señora se agarró a la mesa, sus manos se crisparon y se oyó un sonoro gemido mientras se corría. Al hacerlo soltó la concha de la rubia y esta, que también estaba a punto, se irguió, se llevó las manos a la entrepierna y terminó, dejándose caer de rodillas hacia atrás. Las menudas, al oír el jaleo, levantaron la cabeza y vieron sola, sentada en el suelo y todavía insatisfecha a su compañera, la que había estado entre las piernas de la señora. Se agazaparon sobre ella, una a la altura de su cara ofreciéndole el potorro y la otra tomando posesión de su concha con la boca tras desviarle la mano que jugaba con él al suyo propio.

—Una nueva bacanal —afirmó la cocinera.

—¡Sí, sí, más, más! —Esta vez fue la lechera la que habló mientras batía palmas por la emoción—. Perdón, perdón... ya me callo.

—No sé demasiado bien cómo fue la cosa, pero lo cierto es que, de repente, las tres eran un amasijo de cuerpos uno dentro de otro, manos en senos, bocas en potorros. Todo puro sexo, convulsionando a la vez.

—¿Qué te pasa, Pequeño? —preguntó la cocinera.

Se había hecho el silencio. El niño había bajado la cabeza y bien parecía tener la vista puesta en sus calzones. El mozo de cuadras miró en la misma dirección que el chico y al hacerlo soltó una sonora carcajada. El Pequeño estaba rojo ígneo. La cocinera, que seguía sentada frente a él, se levantó para mirar qué demonios pasaba y a ella, contrariamente al mozo de cuadras, le entró la ternura. Mandó callar al mozo, echó a todo el mundo de la cocina y cogió al Pequeño de la mano, pues en cierta medida seguía siendo un niño. Lo ayudó a despojarse de los calzones mancillados, se sentó a su lado y, recogiéndolo sobre su pecho, lo acunó.

—Está bien, Pequeño, está bien. No pasa nada, nada... —susurró arrullándolo con su voz.

Canción navideña escrita por Johnny Marks, un productor de radio americano. Fue nº 1 en la Navidad de 1949 en las listas de canciones más oídas de EE.UU. Hoy sigue siéndolo.

You know Dasher and Dancer and Prancer and Vixen,
Comet and Cupid and Donner and Blitzen,
But do you recall
The most famous reindeer of all?
Rudolph the Red Nosed Reindeer
(reindeer)
Had a very shiny nose
(like a light bulb)
And if you ever saw it
(saw it)
You would even say it glows
(like a flash light)
All of the other reindeer
(reindeer)
Used to laugh and call him names
(like Pinochio)
They never let poor Rudolph
(Rudolph)

Play in any reindeer games
(like Monopoly)

Then one foggy Christmas Eve
Santa came to say
(Ho Ho Ho)
Rudolph with your nose so bright
Won't you guide my sleigh tonight?
Then all the reindeer loved him
(loved him)
And they shouted out with glee
(yippee)
"Rudolph the Red Nosed Reindeer
(reindeer)
You'll go down in history!"

Recetario

Sugar Christmas Cookies

Una Navidad con McNamara – Andrea Acosta

Para una veintena de galletas.

Ingredientes para la masa de galletas:

340 gramos de mantequilla sin sal y a temperatura ambiente.
390 gramos de azúcar blanco.
10 gramos de azúcar vainilla.
4 huevos tamaño L.
Las semillas de 1 vaina de vainilla.
625 gramos de harina común.
11 gramos de levadura en polvo.
1 pellizco de sal.

Ingredientes para el *icing*:

240 gramos azúcar impalpable.
3 cucharadas soperas de leche entera.
1 chorrito de esencia de vainilla.

Elaboración:

Mezcla la mantequilla, las semillas de vainilla y los azúcares hasta formar una pasta.
Incorpora los huevos uno a uno y no añadas el siguiente hasta que el anterior no esté bien integrado.

Tamiza la harina e incorpórala a la mezcla.

Es el momento de añadir la levadura y la sal.

Amasa con ayuda de una batidora de varillas o a mano hasta obtener una masa homogénea.

Saca la masa del bol y cúbrela con papel film.

Deja dormir la masa toda la noche en la nevera.

Al día siguiente precalienta el horno a 190°.

Prepara el *icing* mezclando todos los ingredientes hasta obtener una masa de consistencia tipo pegamento que debes llevar a una manga pastelera o un bol, según tu conveniencia.

Reserva el *icing*.

Forra la bandeja de horno con papel sulfurizado.

Saca la masa de la nevera y extiéndela sobre la superficie de trabajo.

Da forma a las galletas con ayuda de los cortapastas.

Dispón las galletas en la bandeja dejando espacio entre sí.

Hornea unos 10-15 minutos. ¡Muy atento, se queman con mucha rapidez!

Saca las galletas del horno y déjalas enfriar en su totalidad sobre una rejilla.

Y acaba decorando las galletas con el *icing*, al que también se le puede añadir colorante (si es ese el caso combina muy bien la leche y el mismo para no dejar líquida la cobertura).

Capuchino[62]

Luigi no está – Helena Acosta

Para 2 raciones.

Ingredientes:

Café exprés (dos tazas).
Leche entera (un vaso).
Canela y cacao en polvo al gusto.
Avellana tostada en polvo al gusto.
Licor de avellanas al gusto.
Azúcar moreno al gusto.

Elaboración:

Pon dos tazas grandes en agua caliente y déjalas allí.

Calienta la leche, pero sin que llegue a hervir. Ponla en un recipiente que puedas cerrar y donde ocupe aproximadamente la mitad del espacio. Cierra el recipiente y sacúdelo enérgicamente hasta que la leche doble su volumen*.

Prepara el café, sirve la cafetera de toda la vida que se pone al fuego y añádale media cucharada de café de azúcar.

Mientras se hace el café, seca las tazas y pon en el fondo de estas otra media cucharada de café de azúcar y un par de gotas de

---

62 Viene de *cappuccio*, que significa capucha en italiano y hace referencia al hábito de los monjes capuchinos.

licor, lo justo para mojar el azúcar.

Llena las tazas hasta la mitad con espuma de leche.

Vierte el café despacito, en un hilillo por el centro de la taza. El café debe ir al fondo y la espuma quedar encima a partes iguales.

Espolvorea por encima con el polvo de avellanas, el cacao y la canela.

Notas finales:

1. Si quieres que la leche adquiera todavía mayor consistencia puedes meter el recipiente unos 30 segundos en el microondas.

Christopsomo

Una muñeca para el Amo – Andrea Acosta

Para 1 *Christopsomo*.

Ingredientes para la masa:

600 gramos de harina común y un pelín más por si nos hiciera falta.
1 pellizco de sal.
1 sobre de levadura de panadería.
120 mililitros de agua tibia.
120 mililitros de vino tinto también tibio.
30 mililitros de *whisky*.
60 mililitros de buen aceite de oliva.
15 mililitros de zumo de naranja y la ralladura de esta.
15 mililitros de zumo de limón y la ralladura de este.
80 gramos de azúcar blanco.
1 sobre de azúcar avainillado.
150 gramos de pasas.
150 gramos de nueces picadas groseramente.
100 gramos de piñones enteros.
1 cucharada sopera de anises.
1 pellizco de canela en polvo.
1 pellizco de clavo molido.
1 pellizco de nuez moscada molida.

Ingredientes para el glaseado:

2 cucharadas soperas de miel mil flores.
1 cucharada de zumo de limón.

Elaboración:

Macera las pasas en el *whisky* toda la noche.

Al día siguiente, mezcla en un bol la levadura con 30 mililitros de agua tibia, revuelve y deja reposar.

En otro bol pon la harina y vierte en ella la mezcla anterior junto al resto del agua templada y el vino.

Mezcla.

Una vez bien integrado todo lo mencionado antes, incorpora el resto de ingredientes.

Amasa bien.

Cubre la mezcla con un paño y déjala levar un par de horas.

Transcurridas las dos horas golpea la masa para desgasearla.

Precalienta el horno a 180° introduciendo en el horno un balde con agua para que cree vapor.

Separa dos porciones y con el resto de masa crea un pan de aspecto redondeado.

Una vez tengas hecha la forma, estira las dos porciones de masa y transfórmalas en dos largos bastones que colocarás cruzados sobre el pan.

Mete el pan en el horno.

Pasada la primera media hora retira el balde de agua y sube la temperatura del horno a 200°.

Prepara el glaseado mezclando todos los ingredientes.

Una vez hecho el pan, sácalo del horno y colócalo sobre una rejilla.

Pinta toda la costra con el glaseado.

Deja enfriar el pan totalmente antes de hincarle el diente.

Umphokoqo

Boer y Xhosa no casan – Helena Acosta

Con leche agria al estilo Xhosa. Los Zulus y los Sothos lo sirven con caldo en vez de leche agria.

Tata Mandela me dice que cada vez que hago umphokoqo para él, recuerda a su madre, que le cocinaba ese plato con amor.
Xoliswa Ndinaya (su cocinera personal).

Para 3.

Ingredientes:

700 mililitros de *mealie* (harina de maíz gruesa).
575 mililitros de agua hirviendo.
7,5 mililitros de sal.
5 mililitros de mantequilla o margarina (opcional).

Elaboración:

Pon el agua hirviendo en una sartén de tamaño medio a fuego medio.
Incorpora la harina y da vueltas hasta que se mezcle bien.
Baja el fuego y deja hervir 30 minutos a fuego bajito. Remueve cada 5 minutos para que no se pegue.
Apaga el fuego y mete la harina en un bol que puedas sacudir firmemente para que se enfríe.
Sírvelo con miel y leche agria.

Christmas Fruitcake

Let it snow... – Andrea Acosta

Para 1 *Christmas Fruitcake*.

Ingredientes:

150 gramos de harina común.
150 gramos de azúcar blanco.
150 gramos de mantequilla con sal.
170 gramos de fruta seca variada (higos, orejones, pasas...).
15 gramos de levadura en polvo.
1 pizquita de sal.
3 huevos tamaño L.
El zumo de media naranja y su ralladura.
1 cucharadita de postre de extracto de vainilla.
3 cucharadas soperas de buen *whisky*.

Elaboración:

Pon en un cuenco la fruta, el *whisky* y el zumo de la naranja junto a la ralladura.
Tapa y deja reposar durante 60 minutos.
Destápalo y escúrrelo.
Precalienta el horno a 180°.
Forra con papel de hornear un molde de pastelería.
Derrite la mantequilla en el microondas o bien al baño María.

Deja enfriar.

Bate los huevos junto con el azúcar y el extracto de vainilla.

Incorpora los huevos a la mantequilla templada, las frutas y la ralladura.

Bate de nuevo hasta integrar todos los ingredientes.

Añade la harina, la levadura y la sal.

Deja templar dentro del molde, con 10 minutos será suficiente, y después desmolda sobre una rejilla para que el *christmas fruitcake* acabe de enfriarse por completo.

Trenza de hojaldre rellena de manzana

Mil doncellas para mí – Helena Acosta

Para 1 trenza.

Ingredientes:

1 rollo de hojaldre rectangular.
3 manzanas rojas.
2 cucharadas soperas de azúcar moreno.
Canela al gusto.
1 huevo batido para pintar el hojaldre.

Elaboración:

Precalentamos el horno a 200°.
Pela las manzanas, quítales el corazón y trocéalas de manera grosera.
Mézclalas con el azúcar y la canela.
Reserva.
Extiende el hojaldre y marca un cuadrado en el centro y del mayor tamaño posible.
Corta lateralmente los lados fuera y a los lados del cuadrado central.
Rellenamos el centro del hojaldre con la manzana.
Cerramos el hojaldre trenzando cada una de las tiritas diagonales,

cruzándolas entre sí.

Pintamos el hojaldre con el huevo.

Horneamos durante 20 minutos.

Una vez cocinada nuestra trenza la sacamos del horno.

No la dejamos reposar sobre la rejilla, la servimos inmediatamente.

Notas finales:

1. A esta trenza le viene genial una bola de helado de vainilla o quizás unas natillas calentitas o ¡una nube de nata montada!

ACOSTA ars

acostaars@outlook.es
www.tiendaoficialacostaars.esy.es

 www.facebook.com/ACOSTAarsEditorial

 @AcostaArs

 @acostaarseditorial

Canal ACOSTA ars

www.acostaskitchen.com